U0516829

米哈 /著

昨天喝了河豚汤

用文字"侥幸逃脱"残酷世界

中信出版集团|北京

当我们面对世界的残酷

这是一本有关作者如何面对残酷世界的书。

世界的残酷，有很多，包括天灾人祸、生离死别，又有来自别人的误解、对未来的绝望，等等。作为一名作者，我经常在想：文字，可以怎样帮助我们面对这些实实在在的世间坏事呢？

于是，我决定求教于我喜欢的作者们。

有人以为，作者是一种特别的生物，有着不一样的人生。然而，当我回顾他们的个人往事与作品时，我明白：书中提及的作者，跟寻常人一样，遭遇过各种我们似曾相识的不安、挣扎、恐惧，而他们的不一样，在于面对这些人生挑战时的方法。

有些方法可取，有些方法是一个警示。到头来，没有人是完人，也没有人必须是别人学习的对象，包括书中提及的作者，包括我，包括任何人。

当我们面对世界的残酷，哪怕世界再残酷，还有我们，一起面对。

本书以松尾芭蕉的俳句"昨天喝了河豚汤"为书名，旨在说明：哎呀，昨天喝了河豚汤，今天，我居然还未死。多幸运！未死，就是活着，就是我们继续寻找方法前行的理由。

目录

第 一 章

罐底的铁锈

疼痛不若欢愉，它不戴面具

王尔德

我身边有许多朋友都特别喜欢爱尔兰传奇作家王尔德（Oscar Wilde，1854—1900），尤其喜欢引用一句相传来自他的金句，"做你自己，因为别人都有人做了"。观乎王尔德的一生，他仿佛以一生的力气，尽力"做自己"，尽力做到藏于内心深处的"自己"。

王尔德又说"若人不能成名，至少要恶名昭著"，一语成谶，晚年的王尔德的确成了一名恶名昭著的人物。在此，我们不禁会问：人尽力做自己，甚至变得恶名昭著，究竟是怎么一回事，又是怎样一种体验呢？

事实上，在王尔德尚未声名狼藉之前，他最多只称得上是一名标新立异的"怪人"。王尔德的"怪"可见于他的"形象"：浮夸的衣着、尖酸刻薄的嘴脸。据说，在牛津大学读书时，他对于各式各样的经典名著倒背如流，而宿舍房间放的却只有青花瓷，尽见他既玩世不恭，又有异常丰富的学识。又据说，他有一次过境美国，海关关员问他有什么要报关，王尔德却回了一句"我没有什么可以申报的，除了我的才华"，他的狂妄自大可想而知。

然而，王尔德的"最怪"大概是他的"用情"。

举例，王尔德总是将妹妹的头发带在身旁，好纪念这位早逝的"她"。又举例，他以童话故事的方式，于《快乐王子》中书写情爱，好抒发自己对"他"的爱慕。作为冲击时代的一员，王尔德越战越勇，以自己的"怪"挑战时代的虚伪与落后，让人明白所谓"怪"，不过是"暂时不被社会理解"，直至有一天见怪不怪。

1895 年，王尔德的一部经典剧作正式公演，名为《不可儿戏》(*The Importance of Being Earnest*)。此剧，有多儿戏？又有多真诚呢？

简单来说，故事涉及两男两女。男一与男二是称兄道弟的好朋友，男二是女一的表哥，男一是女二的监护人。而男一爱上了女一，即男二的表妹；

男二爱上了女二，即男一的监护对象。这样的关系图够复杂了吗？未必！

因为各自的原因，男一与男二阴差阳错，都以"Earnest"作为假身份的名字，与两个女主角交往，以致后来两个女主角以为爱上了同一个负心男。故事尾声，水落石出，但又峰回路转。原来，称兄道弟的男一与男二，是失散多年的兄弟，是真兄弟；而结局，当然是有情人终成眷属。

乍一看，这是一场闹剧，充满荒谬与笑话，但就如王尔德本人所说，"人应该永远保持一点荒谬"。这故事让我们明白，只有当我们还能保持一点荒谬，才有能力认认真真而充满活力地看待这世界的闹剧。

在《不可儿戏》里，幽默与闹剧不断，却只是苦中作乐，控诉着维多利亚时期贵族的封建、人性的贪婪，以及人与人之间的失信。在剧中，有一句看似励志的经典台词："我们眼里的苦涩艰难，通常是经过伪装的祝福。"但，真的吗？以荒谬面对残酷世界，真的能持之以恒吗？苦难，真的能成为我们的祝福吗？

穷尽一生真诚追求"做自己"的王尔德，到了晚年，儿戏不再，胡闹不再，终于迎来了苦难。因为"与其他男性发生有伤风化的行为"之罪，王尔德不但妻离子散，名誉扫地，更身陷囹圄。

在晚年创作的一共 3 万多字的《自深深处》里，王尔德于文字里回顾半生，思考自己的苦难与痛楚，并写下："疼痛不若欢愉，它不戴面具。"晚年的王尔德，无法回避苦与痛的真实，现实的残酷，有时，实在容不下儿戏。

所以，王尔德的故事教导我们不要真诚地做自己？非也！王尔德的遭遇只是提醒我们：不要做一个空想的理想主义者，不要以为做自己的过程必然会一帆风顺，不要低估现实对你的迫害，不要以为"做自己"是没有付出与承担的一个口号。

王尔德，正是经历苦难，做到自己，才成为传奇。

顺带一提，有关文首说到的所谓王尔德名句"做你自己，因为别人都有人做了"，近年的王尔德相关研究指出"查无实据"。传奇，大概就是这样炼成的。

卡波特

你觉得自己与众不同吗？当你按照自己的想法去生活行事之际，有人说你太过我行我素，甚至说你怎么这么古怪吗？如果有的话，或许你可以参考一下20世纪50年代成名的美国作家杜鲁门·卡波特（Truman Capote，1924—1984）的人生故事。

卡波特未必属于那种极受欢迎的一线作家，至少，我绝少听到有人介绍自己心目中头5位最喜欢的作家时会提到卡波特的名字。

然而，在我看来，卡波特留给世人很多东西。卡波特留下了多本经典小说，最著名的有在1958年出版、2年后被改编成由奥黛丽·赫本（Audrey Hepburn，1929—1993）主演的电影《蒂凡尼的早餐》（*Breakfast at Tiffany's*）的同名原著中篇小说（尽管卡波特本人极不愿意主角由奥黛丽·赫本出演，对有社会性的故事被硬生生改成爱情故事也颇有微词），以及开创了 20 世纪美国非虚构小说先河的《冷血》(*In Cold Blood*)。

无论是卡波特的作品，还是他的人生故事本身，一直都是后人改编成电影的材料。卡波特有着令人难以忘怀的个人形象，他长得矮小，带着高音频的声调，十分配合他一生自傲而得体的"怪风"。

卡波特自言，"别人都觉得我多少有点古怪"，而客观来说，他待人接物的方式，也确实有点怪。例如卡波特长大后，还是眷恋儿时留下来的"口水巾"；又例如他永远只会在黄色草稿纸上起稿。他还有一大堆"迷信"的事：卡波特从不会在星期五开始或完成任何一件事（当然包括创作）；他还有一个怪癖，就是会把数字加起来，因此"有那么几个人，他从来不给他们打电话，就因为他们的号码加起来是一个不吉利的数字"；他不会入住有"13"这个数字的酒店房间；他不会让一个烟灰缸里搁着 3 个烟头；他还宣称"不肯登上一架坐着两个修女的飞机"。我认为，最后这一项或许是他开的一个玩笑。

有一次，讲到自己的怪，卡波特便提到儿时的一件事，而那件事也直接影响到他决心成为一位作家。他回忆说："大概是我 12 岁时，校长给我们家打了个电话，告诉他们，在他看来，在学校全体员工看来，我这人'低能'。他认为，既理智又人道的做法，是把我送到某家有办法对付坏小子的特殊学校去。"

校长对卡波特的评价，源于他在学校里不愿妥协、不愿合作的行为，而当他的家人听罢校长的评价后，"为了证明我并非低能，"卡波特说，"他们火速行动，把我送到东部某所大学的一家精神病研究诊所，替我测了智商。整个过程让我乐不可支。"

你能猜到，为什么卡波特乐不可支吗？因为测试结果让卡波特"顶着天才的头衔回了家，那可是有科学撑了腰的"，从此，卡波特得到了无限的自信，相信自己是天才，并"开始用一种令人生畏的热情写作"。

的确，卡波特的写作天才，毋庸置疑。在破碎家庭中成长的卡波特，在入学前便通过自学习成读写能力，他 11 岁时已写小说投稿，到 15 岁时，他的稿件便开始被广泛接纳。但在这份天才的成绩单背后，卡波特所言那"令人生畏的热情"才是我关注的焦点。

大家总是说到卡波特自学而学会读写，却少有人提到他5岁时，便习惯随时随身携带字典。大家总会说他的创作路少年得志，却甚少提到他投入阅读与写作的努力。他"平均每周读5本书，正常长度的小说约莫两小时读完"。而当卡波特回忆12岁那"令人生畏"的写作热情时，他说："我认真投入写作的意思，就是跟其他小孩回家练习小提琴或钢琴一般，我每天放学回家，就写作3小时。我沉迷于写作。"

卡波特的人生教导我们：你可以古怪，你可以自信，原则是你确定自己有恰当的天分，配上令人生畏的热情与努力，并将其实践为可以改变潮流的意志。

那么，当我们成为这样的怪人时，我们还需要听别人的批评吗？

卡波特说，"如果是在出版之前，如果批评出自那些你认为其判断力可信的朋友，对，批评当然是有用的"，但"最重要的是，我相信你应该在抵挡各种意见的过程中变得更坚强"，而"我强烈主张，永远不要自贬身份跟一个批评家斗嘴，永远不要"。

海明威

世界的残酷，大概可以分成两类：一类是慢性的，例如礼崩乐坏、全球变暖；另一类是急性的，例如龙卷风、地震、海啸等天灾，还有战争。

面对前一种残酷，作家仿佛还有一种以文字介入世界的可能，哪怕文字不能像动画里的救世主一般拯救世界，至少可以提供多一种理解世界的方法或想象。但面对后者，当残酷来得如此急速，那般猛烈，一名写作人又何以务实来面对世界的崩坏呢？

在此，海明威（Ernest Hemingway，1899—1961）的人生是一种答案。作为 20 世纪最重要的作家之一，以及诺贝尔奖得主，海明威一生经历的，除了文字与爱情，还有多场战争。

1899 年，海明威于美国芝加哥郊区的奥克帕克出生。15 岁左右的青少年时期，第一次世界大战爆发；37 岁壮年时，西班牙内战爆发；40 岁时，第二次世界大战爆发。当海明威的人生以多场大战争为背景，他面对世界的方法，就是尝试以"亲身参战"去直视残酷。

以第一次世界大战为例，当战争于 1914 年爆发之际，海明威还未成年，而当美国于 1917 年正式参战时，海明威还未够 20 岁。于是，海明威便以红十字会自愿人士的身份"自愿从军"，到前线当运载伤兵的救护车驾驶员。海明威到达战场后的第一件工作，就是到一间刚被轰炸完的修道院救亡，而所谓的救亡，其实是收拾尸体，而所谓收拾，根据他的忆述，是去"捡拾"遍地四散的尸体残骸。

战争的震撼，不单打到海明威的心上，还真的打到他的身上。大概两个月后，海明威于运送补给品到前线途中，驾驶的车辆遭迫击炮击中，并随即受到机枪追击。海明威腿部中弹，受伤严重，却仍然救出了一名意大利伤兵，逃到安全地带。因此，海明威后来得到了一枚银制勇敢勋章，但也因为这次受伤，他被迫离开战场。

战场上的遭遇，以及离开战场后的事，后来成了海明威小说《永别了，武器》的根本。《永别了，武器》的故事大概可以分为上下两部。上半部写主角在战场上的经历，从在山路上驾驶救护车的崎岖到被炮火击中，濒死一刻被送到医院救治，遇上心仪的护士，并成为恋人。

　　《永别了，武器》的下半部，也是小说最精彩的部分，则讲述主角又回到战场，但这一次重回战场，主角没有了第一次到前线时的天真与理想，他不再以为自己是打不死的勇士，他不再敢于排除万难。他，怕死了。他害怕战争夺走他的一切，包括生命与爱。

　　于是，在故事的下半部中，主角对战争的态度发生 180 度的转变，不再勇往直前，而是节节败退，从一地逃亡到另一地，背着死亡狂奔。最后，主角捡回了性命，重遇护士，并以再续未了缘为结局。

　　有人说《永别了，武器》的上半部是半自传体的纪实小说，写海明威于战场上表现英勇，以致受伤后被送到米兰医院，并遇上他的初恋护士的真实故事；而下半部则是海明威虚构的自我安慰与补足，因为在现实里，海明威再没有返回"一战"的前线，而是返回美国，并在数月后收到护士小姐的来信，说她已经与一名意大利军官订婚了。

我不会否定这样的解读，但对我来说，《永别了，武器》下半部的重点，不在于虚构或自我安慰，而在于海明威对战争暴力的否定，以及他对自我心态转变的描述。在简洁的文字之间，我们可以感受到一个狂妄自大的人，如何被对战争的恐惧彻底击败，而又在生活之中找回爱。

但，这就代表海明威败给了战争的可怕吗？请不要忘记：在之后的西班牙内战，以及第二次世界大战中，海明威再次跑到前线。在讨论他的偶像托尔斯泰时，海明威曾说："看看，这家伙怎么写成的《战争与和平》？他不是随便写的。关于战争，他是真的带着炮兵上到生死场忍受过一切。"我想，这就是海明威给我们的启示：直视残酷，可以害怕，但不要逃避。

海明威的勇敢人生以自杀作结，有人说这是他最终败给现实的结局。但对我来说，这样的悲剧更能令人明白海明威是一个有血有肉的人。勇敢的人可以软弱，但软弱不代表败折：就像海明威最后一部作品《老人与海》中的老人，他最终只能拖回一副鱼骨回来，但老人可是与大鱼大战了两天两夜。

亨利·米勒

"我这辈子里所有重要的事情都是这么发生的——纯属意外。"亨利·米勒（Henry Miller，1891—1980）说，"但我也不相信这世界上有那么多意外。我相信，种瓜得瓜，种豆得豆。要我老实回答的话，我觉得一切答案都在我的星座里。"

既"纯属意外"，又不相信"有那么多意外"；既相信"种瓜得瓜"的因果，但又认同"答案都在我的星座里"的命定。亨利·米勒的人生课究竟有着怎样的道理呢？

亨利·米勒是一位极具争议的传奇作家，他开创了"半自传体式小说"，代表作包括《北回归线》、《南回归线》、"殉色三部曲"等等。但又正如奥威尔对他的评价："米勒是一位与众不同的作家，值得关注。他是一个完全消极的、破坏性的、非道德的作家，他是约拿（Jonah），一个恶魔的使者，是死而复生的惠特曼（Walt Whitman，1819—1892）。"

作为 20 世纪最重要的美国作家之一，亨利·米勒从 1922 年开始创作小说，而首 3 部小说都没有在他生前成功出版。直至 1934 年，42 岁的他才成功于法国出版第一本著作《北回归线》，却由于书中的性描写在祖国被列为禁书，直到 20 多年后的 1961 年，才正式于美国出版，广受欢迎，并成了性解放运动的一项里程碑。

我们可以为了自己的理想，等候多久呢?

从 20 年代开始写作，直到 60 年代才成为受人认同的作家，亨利·米勒是怎样等待 40 年时间的呢? 回望亨利·米勒的人生，他的答案告诉我: 或许，问题的动词错了，他没有等待，他只是专心于当下，沉醉于他想做的每一件事。

亨利·米勒沉醉于爱情，沉醉于读书，也沉醉于写作。他说"我读书，是为了忘记自我，沉醉于其中。我总是在寻找可以让我灵魂出窍的作家。"同时，他也成了令读者灵魂出窍的作家。但他在写作时，又不会困于死胡同，当发现"自己陷入泥潭，就会跳过困难的部分继续往下写"，要是发现真的写不出来，他说"我就走开"。

亨利·米勒的方法，可以用于写作，也可以用于人生：我们可以沉醉，但不勉强，因为重点在于"写东西的时候，还有大好的日子要过"。亨利·米勒没有等候"成功"的到来，而是在沉醉于写作的日子里，同时好好过日子。

如此，我们好像更明白他说来矛盾的话，什么人生既"纯属意外"但又没有"那么多意外"，什么既是"种瓜得瓜"又是星座命定，因为一切一切都不可知，除了把握当下，好好过日子。

在一次访问中，有人说亨利·米勒"是很有信仰的人"。"是的，"亨利·米勒直言，"但我不信奉任何宗教。那是什么意思？意思就是对生活存有敬畏，信仰生，而不是死。"

亨利·米勒有信仰，但不迷信。他说"一切答案都在我的星座里"，但不见得他很想寻找这个"答案"，毕竟星座的事，留给星座自己处理就好了。

亨利·米勒的意思大概是：人生的事，或许命定，但又怎样？我们不需要理会不可知的命定，也不需要怀疑眼前或期待将要发生的未来，人需要埋首当下的事，然后某一天，或许因为因果，或许因为命定，我们终于能够与自己的理想碰面。

作为奥威尔口中"完全消极的"作家，亨利·米勒却活出了相当积极的人生，他花了40年时间才与成功碰面，同时不忘好好做自己，好好过日子。

当你经历了一次又一次的打击，在你快要放弃的时候，请记得亨利·米勒说的话，"我没钱，没资源，没希望。但我是活得最快乐的人"。只要有"当下"，我们就有快乐的理由，就有继续走下去的下一步。

纳博科夫

你喜欢自己的工作吗？

自己喜欢做的事，即嗜好，如果刚好是自己的工作，当然是一种幸福，但客观的现实是，绝大部分人不从事自己喜欢做的工作。原因至少有二：一来是他们根本不知道自己喜欢做什么；二来是嗜好与工作，总是错配。

难道我们注定要一生努力于自己不喜欢的工作吗？

纳博科夫（Vladimir Nabokov，1899—1977）是20世纪著名俄裔作家，1899年出生于俄国圣彼得堡，一生颠沛流离：1917年十月革命后，纳博科夫举家离开俄国，前往克里米亚，打算暂时定居利瓦季亚。1919年，克里米亚白军起义失败，纳博科夫一家只好逃离前往西欧；结果，纳博科夫入读剑桥大学三一学院，攻读法文与俄文。

1922 年，纳博科夫的父亲，即柏林流亡人士报纸《船舵》的创办人，被当地的俄国君主主义分子刺杀。纳博科夫决定留守柏林，但后来又辗转到了法国。留欧期间，纳博科夫写成了多部俄文长篇小说，包括《玛丽》《防守》《黑暗中的笑声》等等。直至 1940 年 5 月，纳粹德军入侵法国，纳博科夫一家再次逃难，搭乘"尚普兰号"轮船远赴美国。

大半生离乡背井的纳博科夫，终于在美国安定下来，并借着以英语写成的小说《洛丽塔》成为国际著名作家，而《洛丽塔》随后被导演库布里克（Stanley Kubrick，1928—1999）改编成电影的事，则属后话。

然而，当纳博科夫的名字，代表著名作者、文化评论人、翻译家、诗人、文学教授的同时，你以为他从事了一辈子的文字工作，就是他最喜欢做的事吗？

"哦，那当然是捕蝴蝶，"当记者问及纳博科夫最喜欢做什么时，他如此答道，"还有研究蝴蝶。在显微镜下发现一个新的器官，或者在伊朗或秘鲁的某个山脚发现一只未经记载的蝴蝶，跟这时的心醉神迷比起来，文学的灵感所带来的愉悦和收获根本不算什么。"

纳博科夫说："俄国若是没有发生革命，我也许就会全身心投入鳞翅类昆虫学，根本不会写什么小说，这不是没有可能的。"事实上，自从纳博科夫赴美后，他一边写作，一边于美国自然历史博物馆担任义务昆虫学家，并于 1942 年起，出任哈佛大学比较动物学博物馆馆长。每年夏天，纳博科夫都会与家人到美国西部旅行，并以采集蝴蝶标本为乐，而《洛丽塔》便是在其中一次旅程途中写成的。

在享受嗜好时，纳博科夫不忘工作；而在工作之中，纳博科夫又从嗜好得到启发，领悟到生活的不二法门，"要有诗人的精准，以及科学家的想象"。

所谓工作，不一定是我们最喜欢做的事，哪怕像纳博科夫一般厉害的人物，也不见得可以将嗜好变成工作。但就算工作不是嗜好，我们也可以把它做好，做成功。因为嗜好，其实也可以启发工作，就像纳博科夫的实践：在工作以外，你需要有嗜好，而终有一天，你的嗜好与工作会融会贯通，彼此相长。

一个人可以将工作与嗜好的配合发展到极致的关键在哪呢？纳博科夫的个案告诉我们：要有一个好妻子、好伴侣。

若妻子不"在场"，纳博科夫根本不能写起一篇作品。纳博科夫有一套个人的写作方式，他会先在索引卡上写作，一边写情节，一边重组索引卡的顺序，直至某一刻，纳博科夫终于感到满意，并以口述的方式说出整篇小说来。在此，妻子负责打字，将口述内容整理成文本，一式三份。

纳博科夫不讳言，妻子就是他的秘书、打字员、编辑、校对、翻译、书目编撰、经纪、营业经理、律师、司机、研究助理、教学助理和后备教授。换言之，妻子就是他的生活支柱，没有支柱，也谈不上平衡工作与嗜好了。更重要的是：若非纳博科夫夫人的阻止，令纳博科夫成名的《洛丽塔》的草稿，早已给冲动的他付之一炬了。

当个疯子，所以不会被狗咬

凯鲁亚克

"人性像狗，不像神，只要你不够疯狂，它就会咬你，只要你时刻疯狂，你就不会再被咬了。狗，不会同情、仁慈与哀愁。"凯鲁亚克（Jack Kerouac，1922—1969）如是说。乍看凯鲁亚克的豪言，再简单看看他的履历，我们仿佛就能妄下判断：凯鲁亚克肯定以自己比世界更疯狂的方法面对这个世界。但事实，真的如此吗？

凯鲁亚克被誉为美国战后"垮掉的一代"之代言人，以自传体小说《在路上》闻名，一生出版了12部小说，以及无数诗作、俳句。而他为人津津乐道的，除了他的作品，还有传说中他狂欢式的生活，涉及大量的酒精、大麻、性，甚至一宗凶杀案。

1944年8月13日，哥伦比亚大学校园内发生了一宗差一点震散了"垮掉的一代"作家群的命案。

当晚，凯鲁亚克的朋友卡尔（Lucien Carr）声称他儿时的童子军队长因爱成狂，企图强暴他，于是他以童子军刀自卫，杀死了这名童子军队长，并将尸体绑上石头弃于哈德逊河。

惊魂未定的卡尔先找上了另一位垮掉派作家巴勒斯（William Burroughs，1914—1997）求救，巴勒斯劝他投案自首。卡尔便去找凯鲁亚克帮忙，而凯鲁亚克给予的帮助是带他去看了一场电影，并到现代艺术博物馆看展览。

最后，卡尔自首了，而巴勒斯与凯鲁亚克也被卷入其中，也换来垮掉派的著名故事：凯鲁亚克的父亲拒绝保释他，而凯鲁亚克只好以答应婚约换来未来岳母提供的保证金。

其实，在卡尔案的前一年，即1943年，凯鲁亚克曾经短暂加入美国海军，为期8天。据说，在这一个多星期的日子里，凯鲁亚克感受最深的跟战争无关，而是船舱里人人嗜赌的局面，他认为自己上了一艘赌船，而不是战舰。

在船上，凯鲁亚克只好继续沉醉于写作，写成了他的第一部正式出版的小说《镇与城》，并在服役 8 天之后，被编入倦勤之列。凯鲁亚克回忆此事，说他只是跟医生要求服用阿司匹林治头痛，却被判断有失智症。

无论是官方记录，还是凯鲁亚克忆述，不能否认的是凯鲁亚克严重不适应军中生活，他自己也说："我就是无法容忍那个地方，我喜欢做自己。"

从凯鲁亚克被劝退役，到他在卡尔案件中的应对（居然是带凶手去看电影、逛画展）及其从此与父亲决裂，接上自己结婚告终的结局，以至后来写成的《在路上》所记录的 7 年来荒唐的公路生活，我们不难感受到凯鲁亚克散发的疯子气息，并以为这疯子就是从"喜欢做自己"炼成的。但人生的事真的如此顺理成章吗？

曾经，凯鲁亚克是一名乖孩子。

凯鲁亚克的母亲是一名虔诚的天主教徒，教导凯鲁亚克循规蹈矩地生活。凯鲁亚克深爱母亲，并曾说"母亲是他一生唯一爱上的女人"，时刻不忘母亲的教诲。母语为法语的凯鲁亚克，到 6 岁才学习英语，令孩童时期的凯鲁亚克分外害羞、内敛，是旁人眼里规规矩矩的孤僻孩子。

凯鲁亚克不但听妈妈的话，也听爸爸的话。在凯鲁亚克青春期时，他觉悟自己要成为一名作家后，便一直听从父亲的话：要当上作家，你先要进好的大学；要进好大学，你先要努力踢好美式足球。凯鲁亚克信以为真，努力踢球，终于考上了哥伦比亚大学，同时有了读书、写作的空间。

然而，在一次比赛以后，因为教练没有派凯鲁亚克上场，而惹怒了凯鲁亚克的父亲，父亲带着凯鲁亚克找教练抗议。凯鲁亚克回忆说，父亲骂教练是"狡猾的长鼻子骗子"，最后"父亲嘴里衔着一支大雪茄冲出办公室，说，'杰克，我们走，我们离开这个地方'"。

"不管你喜欢不喜欢，"凯鲁亚克说，"这就是我的家族历史。他们不受任何人的鸟气。迟早，我也不会受任何人的鸟气。"那是 1942 年的事，而之后的事，即又回到他于海军服役的时间点。

重构凯鲁亚克前半生的时序，我们更能明白他说要"当个疯子，所以不会被狗咬"的真正意思。疯子之所以成为疯子不是因为他曾经向多少人发疯，只是因为他无法适应这个会咬人的疯狂世界。我们不一定都要成为疯子，但当我们遇到疯子，至少要想一想，他，或许只是不想再"受任何人的鸟气"罢了。

也许我不信任那种特别神圣美好的地方

厄普代克

对于厄普代克（John Updike，1932—2009）的传记作者来说，写厄普代克的难度之一是他几乎将所有生命都放在写作上，有关他的个人冒险，哪怕多么私密，他都会将之转化成自己的小说：《马人》写他的父亲，《农庄》写他的母亲，当然，也少不了《奥林格故事集》与"兔子四部曲"，写他自己。

但在他生命中，有两件事仿佛没有明确地被写进这些故事里：一，他在名校哈佛大学的日子；二，他离开自己梦寐以求的《纽约客》工作岗位。前者牵涉人所共知的名校，后者牵涉现当代的文艺指标，两者都与厄普代克的生命接轨，又何以被他忽视呢？

《纽约客》是厄普代克从小喜欢的读物，也是他初为作者时不断投稿的刊物。从哈佛毕业后，厄普代克就在《纽约客》工作了两年，当上"《城中话题》栏目的作者，这意味着我既要跑腿，也要写稿。真是叫人兴奋的职位！真是有趣的工作！让我看遍了整个城市。我驾过船，看过大剧场里的电子展览，也试着根据不同对象和听到的对话来创作印象派诗歌"。

在首屈一指的机构工作，是机遇；刚好这机构是你心仪已久的目标，更是幸运；而你还在此获得了"叫人兴奋的职位"，更应该是一种幸福。那到底是什么原因叫厄普代克离开《纽约客》呢？当时，厄普代克的母亲也有这疑惑，而他告诉母亲，"我不愿意当一台打字机"。

厄普代克是一位广受美国人欢迎，又备受争议的作家，而一般对于他的批评都在于厄普代克以美国中产白人的生活为主体的写作倾向。然而，他被批评的，正是他的立场。

厄普代克不想当打字机，因为他有自己相信的文学目的，他不希望文学只成为拒绝中产生活的宣言，以及对现代文明的末世诠释。在他的文学路上，他认为自己的同路人是亨利·格林（Henry Green，1905—1973）、纳博科夫、塞林格（Jerome David

Salinger，1919—2010）和菲利普·罗斯（Philip Roth，
1933—2018）。后来，在他于叶士域治的办公室墙
上，厄普代克贴着文学偶像普鲁斯特（Marcel Proust，
1871—1922）与乔伊斯（James Joyce，1882—1941）的
相片，提醒自己不忘将自身的生活写成作品。

厄普代克的作品让人反思一个文学问题：以中
产白种男人为主题的小说，真的必须忽视其他族群
的主体意识吗？

这问题有待商榷，但当我读着厄普代克的小
说，尤其是"兔子四部曲"时，厄普代克的一句话
经常回荡在我的意识里，他说："快乐常与恐惧为
邻，因为当一个人得到快乐，往往是对他人的忽略、
打击与伤害。"当厄普代克谈及中产白种男人时，我
认为，他带着这样的意识与恐惧。

"1957年我离开纽约时，"厄普代克说，"的确
没有什么遗憾。纽约不过是文学经纪人和时髦外行
们的风月场罢了，一个没有养料且颇为烦人的世
界。""总之，在1957年我满脑子想说的就是宾夕法
尼亚，搬去叶士域治居住给了我写作的空间。在那
里我过着俭朴的生活，养育孩子，跟真人交朋友。"

关于纽约，厄普代克还曾经在访问中引用海明威的话，说"纽约的文学圈是满满的一瓶线虫，互相养活"，那么，哈佛呢？

在小说里，厄普代克写自己的童年，却几乎只字不提在哈佛上大学的日子。面对这样的疑问，厄普代克的答案是以小说回应现实。他说："《夫妇们》里的惠特曼会记得我做过的一些事情。她和我一样，在变成好人的过程中隐约觉得被蒙蔽了。也许我不信任那种特别神圣美好的地方。哈佛已经有太多歌颂者了，不缺我一个。"

厄普代克的答案隐晦，却掷地有声。无论是哈佛还是《纽约客》，甚至整个纽约，对于不少人来说都是"特别神圣美好的地方"，他们甚至是这些地方的"歌颂者"。厄普代克的经历却告诉我们：要提防别人告诉你的"特别神圣美好的地方"，因为这些所谓的神圣美好，往往会蒙蔽我们找自己的路，以及目的地。

不过，大家不要忘记，厄普代克可是考上了哈佛，打进了《纽约客》，才有资格说：我可是不屑这些地方呢！

为什么我要射杀那只象？

奥威尔

在谈奥威尔（George Orwell，1903—1950）之前，我想先谈一个人物，他的名字叫埃里克·布莱尔（Eric Blair）。

布莱尔于1903年出生于英属印度的一个英国人中产家庭，家境不贫穷但也不富裕，在两岁多的时候随父母回英国牛津居住，14岁时，布莱尔凭奖学金考入著名的伊顿公学。毕业后，布莱尔没有跟其他同学一般考入牛津或剑桥大学，而是投考公务员，到了英属缅甸的曼德勒当上殖民警察。

布莱尔的出走，本是为了解放自我，源于他没办法忍受在伊顿公学所经历的恃强凌弱的等级制度，没办法忍受父母加诸他的旧时代规范，没办法忍受国家虚伪的帝国主义。以为这一次出走，可以摆脱这些令他压抑的束缚，而令他意想不到的是：缅甸之行，竟然是要他正视以上一切的厌恶，以及思考何谓"自由"的试炼。

到达缅甸之后，布莱尔才惊觉自己是整个殖民地一共90位白人殖民警察之一，换言之，他的一言一行都受到注目，他想象中的"自由"一方面受到帝国系统的管理，另一方面受到当地人士的监视。布莱尔很快便意识到他以为通过出走远方而换来的自由，其实是假象。

作为殖民警察，布莱尔每天接报大大小小的案件，包括各种暴力与凶杀案件，这使他目睹了生命的各种阴暗。这种对邪恶的正视，令他没法凭空创造一种幸福的幻想气泡，他渐渐意识到这些不幸与恐惧的来源，并不来自个人，甚至不来自统治阶级（包括他自己），而是来自整个不公义的制度。

为了维持秩序与治安，布莱尔发现自己不再是单纯调查案件的殖民警察，更是与同僚一起留意、追踪可疑人士，以防止他们犯案的监控人。在缅甸的日子，布莱尔从制度内部观察与体验帝国主义的极权统治。5年间，布莱尔从怀疑到憎恨这种极权制度，决定离开可以做"土皇帝"的缅甸，回到英国与欧洲各国流浪，并一步一步踏上成为作家"奥威尔"的路。

埃里克·布莱尔不是他人，正是奥威尔的本名。

缅甸 5 年，或许来自奥威尔的一次任性出走，却成功令他寻找到人生的重要课题：关于自由、规范、控制。但，大家又要留意，出走，并不保证可以带来新视野。若当日的布莱尔没有不断提问、不断质疑自己的身份，而是安于做一名地方上高高在上的殖民警察，他不会成为奥威尔，也不会以这些监控别人的经验写成《1984》。

1936 年，奥威尔以殖民警察的经历写成了一篇著名的短文《射象》。文中讲述一名年轻的殖民警察，不但对自己的职业失去兴趣与尊重，而且对人生失去了方向。有一天，主角奉命去射杀一只"袭击人类"的大象；在这片土地上，只有这名殖民警察有权力开枪射杀大象。当他到达现场时，却只见到大象安静而平和地在草原上吃草。他问道：为什么我要射杀那只象？

射杀大象是殖民警察受法律所赋予的专职，却是一件充满矛盾的苦差。一方面，大象日常地帮助当地人生产与搬运，是他们的重要资产；另一方面，当大象失控时，殖民警察就有责任牺牲大象，以"控制"场面。

在此，奥威尔写道："就在此刻，我体验到当白种人变成暴君时，他已摧毁了自己的自由。欧洲主子这种陈腐的人物，已变成了一种虚有其表的空心人偶。"主角深切地感受到自己没有得到过当地人的尊重，而当地人只期待着他"表演"戏剧性的一刻：射杀大象。只有在这一刻，这个"一大群人怨恨的对象"，才"暂时值得一看"。

因此，哪怕大象已经乖乖地站回原地静静吃草，哪怕主角怀疑大象可能没有犯下什么过错，最后，主角还是在群情汹涌的形势下，向大象开了枪。更糟糕的是，庸碌的主角没有能耐一枪击毙大象，而是多次开枪，伤害了它，像凌迟一般令大象于漫长的痛苦中死去。

所以，为什么主角要射杀那只象？他这样做，"只是为了不被当地人当傻瓜看"。

射象一事，是否真有其事，或是不是奥威尔的亲身经历，众说纷纭。但重点是：在缅甸的 5 年，奥威尔确切享有过极权认可的权力，又体会到权力令人失去自主、自由的苦况，《射象》正是在觉悟以后，诚实面对过去的记录，而这份诚实，大概就是奥威尔面对残酷世界而不致迷失的指南。

斯蒂芬·金

有一段很长很长的时间，我都搞不清楚一个问题：为什么人们会去看恐怖小说或电影呢？为什么人们要无中生有，创造恐怖来自己吓自己？为什么恐怖故事的主角要在夜深人静的时候，不躲在自己安全的被窝之中，而非要到相当可疑的阁楼去呢？难道，你就不能等到另一个白天吗？

后来，我长大了一点，对这个世界的了解多了一点，终于知道：原来，真实的世界总是比故事恐怖。恐怖故事的主题，不是恐怖，而是勇气，它在帮我们预习什么是恐怖，测试我们的勇气，训练我们成为坚强的人。

美国作家斯蒂芬·金（Stephen King，1947—），绝对称得上是恐怖小说之王，著名作品包括《魔女嘉莉》《闪灵》《它》等等，作品总销量超过3亿

5000万册，同时斯蒂芬·金也是一位多产而优秀的编剧，其中讲述越狱故事的《肖申克的救赎》(*The Shawshank Redemption*)更是经典中的经典。

恐怖与越狱，怎么同时成了斯蒂芬·金的成名主题呢？因为"恐惧让你沦为囚犯，希望让你重获自由"，而且"每个恐惧的人都活在自己制造的地狱里"。前一句出自《肖申克的救赎》，后一句来自《重生》。纵观斯蒂芬·金的作品，便会明白他的故事总是叫人变得坚强，斯蒂芬·金的人生也始于一个需要变得坚强的起点。

"我的童年是一片雾色弥漫的风景，"斯蒂芬·金说，"零星的记忆就像孤零零的树木掩饰其间。"这些"零星的记忆"仿佛都带有悲剧的元素。例如在他两岁的时候，父亲因为避债，在完全没有预警的情况下一走了之，剩下斯蒂芬·金、他的哥哥与母亲，以及一堆债务；在他要升上一年级时，得了重病，非完全休学不可；而更可怕的是，他曾经目睹朋友的意外死亡。

据说，当时的斯蒂芬·金年纪还很小，在一次外出时目击朋友在他面前被火车碾过。长大后的斯蒂芬·金说自己根本记不起这件事，但据他的家人说，当天斯蒂芬·金在意外后独自回家，惊吓到一句话都说不出来。后来，有人认为，斯蒂芬·金因为这儿时的悲剧，而写成了中篇小说《尸体》。

《尸体》的叙事者是一名中年作家（就像斯蒂芬·金本人），忆述着发生于1960年缅因州一个小镇里的故事：一个叫布劳尔的小孩前往森林采摘蓝莓，却一去不返，于是一班喜欢玩寻宝游戏的小孩，根据蛛丝马迹，猜测布劳尔是沿着铁路行走而被火车碾过，并决定去寻找他的尸体。这故事的确十分容易让人联想到斯蒂芬·金儿时遭遇的惨事，但据他本人的说法，这两者根本丁点儿关系都没有。

无论斯蒂芬·金是因为过度恐惧而忘了过去的事，还是恐怖的事早已无意识地升华成创作，又或是他真的从未在意过这件事，我们可以肯定的是：斯蒂芬·金不再因此事而恐惧，而他亦找到了令自己变得坚强的方法——写作。

14岁那年，斯蒂芬·金以喜爱的恐怖电影为蓝本，将其改写成小说，并在学校出售给同学。一个早上，他便成功卖出了30多本，赚到了他的零用钱。然而，斯蒂芬·金在校内卖恐怖小说一事，很快便惊动了校长。校长召了斯蒂芬·金到校长室，命令他将钱退还给同学，原因是恐怖小说是垃圾，校长责备斯蒂芬·金："我真搞不懂，你明明蛮有才华，为什么爱写这些垃圾东西呢？"

校长不知道的是，恐怖不是垃圾，恐怖小说也不是。在那年暑假，斯蒂芬·金坚持创作，写成了另一部奇幻小说，并再一次大卖，而之后斯蒂芬·金成为大师级作家的事，更不用多说了。

"每个人都是自己的上帝，"斯蒂芬·金写道，"如果你自己都放弃自己了，还有谁会救你？每个人都在忙，有的忙着生，有的忙着死。忙着追名逐利的你，忙着柴米油盐的你，停下来想一秒，你的大脑，是不是已经体制化了？你的上帝在哪里？"

对啊，"每个人都是自己的上帝"，而在这路上，斯蒂芬·金找到了写作。那么，你找到让自己走出恐惧，成为自己上帝的方法了吗？

在失败面前，谁都是凡人

普希金

出生于 1799 年的普希金（Aleksandr Sergeyevich Pushkin，1799—1837），在一个俄国贵族家庭长大，父亲与叔父都是沙俄贵族的继承者，而母亲是彼得大帝的非洲裔教子之孙女。在 19 世纪初，沙皇亚历山大一世建立"帝国学院"，旨在培训精英官僚去服务国家，而普希金也成了第一届毕业生。

贵族、精英、官僚，本应该是普希金人生的关键词，但他却以自己的方法在这列表上添写了：反叛、民间、挑战。

当时，俄语还是属于农奴阶级的语言，而作为贵族的普希金，从小在法语教育中长大。幸好，普希金的保姆长期与普希金以俄语沟通，并教导他不少民间的俄语诗句，也熏陶了普希金对于民间日常的兴趣。

在帝国学院里，普希金认识了不少日后跻身俄国统治阶级的朋友，但同时，充分展现了自己激情而不可驯服的个性，他开始以俄语混合法语作诗，并在毕业后，放弃跟随其他贵族朋友的路线进入体制，反而决定专心无所事事。

　　普希金流连于赌场、宴会、剧院，尤其是芭蕾舞团。旁人都谴责他沉醉于声色犬马，而他亦不讳言自己"无法抗拒芭蕾舞结合音乐与动态的美，以及舞者的美腿"。

　　普希金人生的转折点，正发生于剧院。有一天，在一次剧场演出途中，当时已经因为写了不少讽刺诗而遭人留意的普希金，于席上传阅一份有关一名贵族给刺杀的报道，而上面更有普希金的亲笔文字，写着"沙皇的一课！"。因此，普希金犯了大罪，哪怕不少权贵朋友帮忙，也逃不了被流放的处罚。

　　从贵族精英，变成无所事事的花花公子；从社会未来的栋梁，变成了一个流放者。在很多人（包括他父亲）眼中，普希金浪费了人生，是完完全全的失败者，但对于普希金来说，"在失败面前，无所谓高手；在失败面前，谁都是凡人"，而普希金这名凡人，更在失败之地，找到了快乐与使命。

1823 年，普希金又"闯祸"了，他在黑海附近一个叫敖得萨的城市，得罪了当地的官员，而原因是普希金以无中生有的讽刺诗抹黑那名官员（以及私底下追求官员夫人）。因此，普希金被流放到更北面的荒土，在与父亲决裂之后，回到了母亲故地定居。

如果你是普希金，在一次又一次的"闯祸"和"失败"以后，你会怎样？你会怀疑自己的价值观？你会怪罪自己的失败源于先天的条件或运气？还是，你会在心底深处埋怨没有帮忙的朋友呢？在别人眼中，普希金自甘堕落，失去了高高在上的贵族有识之士的身份，以及大好前途，但对于普希金来说，他找回了自己，在母亲的故地，他写下了经典长诗《叶甫盖尼·奥涅金》。

《叶甫盖尼·奥涅金》讲述自以为是，实际上却一事无成的主角奥涅金，如何在年轻时狂妄自大，玩弄感情，不留情面地拒绝女主角达吉雅娜的爱意，却在多年后，重遇已经名花有主的达吉雅娜，方知道自己的最爱是她。可惜一切事过境迁，奥涅金后悔莫及，最后只换来达吉雅娜无情的拒绝。

有人说《叶甫盖尼·奥涅金》是普希金重新解读拜伦《唐璜》后的旧瓶新酒，又有人说这些诗体小说是普希金夫子自道，而无论属于以上哪种写作动机，《叶甫盖尼·奥涅金》的确反映出普希金看破红尘、名利、得失的视野。

"生活就像一叶扁舟在海面飘荡，"普希金在《叶甫盖尼·奥涅金》中写道，"要使这只小船顺利平稳地前行，必须要使它承载一定的重物。重物超过了一定的限度，沉水翻船；所载过轻，船就会左右摇摆，难以安然渡过。"

当我们有所得，又感觉到有所得的压力时，不要怕，因为那是让我们前行的力。当我们有所失时，也不要怕，因为本来无人无物的轻松，让我们有走得更远的可能。"生活要有所负担，才是真正的拥有。适时的舍弃，才能有所收获。"

所以，普希金失去了很多？普希金的人生，真的失败了吗？归根结底，"失败"由谁来定义？我只知道，到如今，普希金贵为"俄国文学之父"。

果戈理

你人生遇过的最大侮辱是怎样的呢？

我记得，在我初三那一年，有一天我上学回到教室，发现书桌抽屉空空如也，文具、课本、练习簿全都不见了。我不明所以地问周遭同学，没有人能够告诉我发生了什么事，只有那几个总是欺凌我的同学在窃窃私语。最后，无助的我在厕所与后山找回所有东西。这是一段充满污迹的记忆。

当时，欺凌我的同学，认为我不配在这所学校读书，不单是因为我成绩差，也因为当时的我个子小，看起来可笑。看起来可笑，就想当然地成为被取笑的对象。有时候，人际关系就是这般无聊，不论是我，还是你，甚至是像果戈理（Nikolay Gogol，1809—1852）这么著名的大作家，也可能曾经被人无理地忽视与侮辱。

年轻的果戈理，从乌克兰的小村子到了大城市圣彼得堡，当上政府机构的抄写员，却深刻体会到官僚系统与极权统治的黑暗，因此辞掉工作，决心成为一名演员。然而，因为他"个子小小的，腿跟上半身的比例不好，走路歪斜，笨手笨脚，衣着不佳，看起来很可笑"，于是四处碰壁，遭到剧场人的嫌弃和取笑。

然而，正如他的名言"青春还有将来，这正是它的幸福"，青春的果戈理认识了伟大作家普希金，并在他的鼓励下开始下笔创作。随着一部一部作品面世，果戈理的名字渐渐受到注视，后来更是写成了俄国人家喻户晓的喜剧《钦差大臣》。

《钦差大臣》讽刺时弊，以夸张滑稽的情节，批判俄国官僚作风的不公与霸道。比如，在剧中，法官在庄严的法庭养鹅；又例如，有一位教师每次提及亚历山大大帝时，都会打破教室的一把椅子。

剧中看似荒诞的举动，正指出当时社会统治阶级的荒谬，而这样的讽刺引来了不同的评价。保守派人士抨击果戈理肆无忌惮地揭露祖国的阴暗面，玷污了俄国的大名，但激进派与改革派均认为果戈理击中了俄国社会不公的核心问题。无论以上的评价谁是谁非，可以肯定的是果戈理得到了他应有的名声，更出奇地得到了沙皇尼古拉一世的垂青。据说，沙皇看完演出后，说在《钦差大臣》一剧中，"人人得到了该得的褒贬，而我，尤其如此"。

1842年，果戈理出版了长篇小说《死魂灵》，故事以农奴制度为背景，当时的地主都要为自己的农奴纳税，但政府的人口普查每隔10年才进行一次。故此，地主名下会有不少需要纳税，却早已死去的农奴名额，又名"死魂灵"。《死魂灵》讲述的是一个黯然下马的海关小吏，看准了农奴制度的这个漏洞，四处奔波，以低价买下"死魂灵"，再将其抵押给银行借钱，并开展他穿梭于俄国看尽人情冷暖的旅程。

《死魂灵》一书深入民心，也影响了以后数代的俄国作家，当中的角色更延伸至其他的作品，令果戈理成为俄国殿堂级作家之一。没有人再会联想到他就是多年前那个在圣彼得堡受尽文艺界白眼、忽视，惨得只剩下青春的小伙子。然而，《死魂灵》的书名同时一语成谶，晚年的果戈理仿佛成了一个失去了灵魂的活人，投入了宗教狂热之中，兑现了他写下的名言："上帝要惩罚一个人，必先夺取他的理智。"

1847 年，果戈理发表《与友人书简选》一书，书中不但大赞官方教会，公开站到保守派别的立场，而且收回自己从年轻时代以来对旧制度、旧时代的批判，甚至为了自己曾经写下针对官场腐败的作品而忏悔，认为这些作品，包括《钦差大臣》与《死魂灵》都冒犯了很多正当的人。

在此，我又想起果戈理的那句"青春还有将来，这正是它的幸福"。但当将来成了当下，我们如何继续青春的心、如何迈向幸福的将来，可能是更重要的课题。果戈理的人生课，教导我们如何怀着青春的心而不怕别人的侮辱，同时，提醒我们记得要保持青春的初衷，不要成为死魂灵，以至于自取其辱。

不要在咖啡杯里找啤酒

契诃夫

"知识分子，偶然遭受一两次痛苦，便会觉得这个刺激过于强烈，便会大叫起来；可是广大的民众，无时无刻不受着痛苦的压迫，感觉便麻木了……到了过于痛苦的时候，反而只吹一声口哨。"那么，在民众间受尽压迫长大，却又成了知识分子的俄国作家契诃夫（Anton Pavlovich Chekhov，1860—1904），如何以自己的人生演绎、诠释自己的这句名言呢？

有别于很多其他俄国殿堂级作家，契诃夫出身寒微，童年时过着穷苦的生活。在他16岁那年，契诃夫的父亲因为负债，瞒着家人离家出走逃到大城市去了，剩下契诃夫的母亲、契诃夫本人，以及其他兄弟姐妹。此时，契诃夫一家的房客以狡猾手段，贱价买（其实是骗取）了契诃夫家的房产权。

面对掠夺了自家财产的同屋仇人，你会怎样做呢？契诃夫又会怎样做呢？

契诃夫不但决定留下来同住，更答应担任仇人侄儿的补习老师，忍辱负重，为的是让自己有吃有住，以顺利完成自己的学业。务实，是契诃夫的第一个人生关键词。

然而，务实，不等于自卑，而是谦逊地带着信念求存。从契诃夫写的早期剧本《孤儿》开始，契诃夫的文字总是彰显一个信念：一个被迫务实的低下平民，不一定是渺小的人。只要他是诚实的人，敢于追求，敢于反抗，务实的人也可以展示伟大的情操。

苦中作乐，是契诃夫的第二个人生关键词。契诃夫从小在现实里挣扎，却从来没有放弃可以做乐事的机会。小时候，家里没有什么玩具，契诃夫便带领兄弟姐妹在家制作剧场，以一块大布帘将客厅一分为二，成了舞台与后台，于家中上演名剧《钦差大臣》。

到了契诃夫的青春期，母亲常常寄信给他求救，希望他寄钱回家解困。契诃夫尽力想办法接济之余，不忘于信中多写上几个笑话、趣事，甚至文字游戏，以解母亲的闷气。到了 20 岁那年，契诃夫总算熬出头来，作品登上了《蜻蜓》杂志，而他领回来的第一份稿费，便用来买生日蛋糕送给母亲。

或者，你会问：在残酷现实里，嬉皮笑脸的苦中作乐，算是一种虚伪的掩耳盗铃吗？契诃夫以人生与作品告诉我们：苦，而可作乐，是对生命的自重。

在契诃夫早期的作品中，幽默与讽刺的元素相对较多。例如在小说《变色龙》中，那个在沙皇制度下见风使舵的官僚角色，透过契诃夫不留余地的挖苦，成了当时平民读者茶余饭后的话题，勾起了大众对极权及其执行者的厌恶。

契诃夫曾经说："要是人家端给你的是咖啡，那么请你不要在杯子里找啤酒。"这是他的待人之道，同时也是他面对残酷世界的觉悟：世界需要契诃夫创作振奋人心的咖啡，还是叫人沉醉的啤酒呢？又说，人民需要阅读解闷的幽默，还是严肃对待现实的文学呢？

"不要心平气和，不要容你自己昏睡！"契诃夫说，"趁你还年轻，强壮，灵活，要永不疲倦地做好事。"1886年，契诃夫发表了小说《苦恼》。从此，契诃夫的小说渐渐从讽刺走向严肃，从幽默走向沉思。

在《苦恼》中，年老的马车车夫痛失了相依为命的儿子，却没有躲在家忧伤的本钱，只能硬着头皮带着沉重的忧伤工作；而在工作中，没有一位客人愿意细听车夫的心事，要么忽视他，要么斥责他。故事冷酷地写出了人间的无情。

到了中晚年，契诃夫坚定地实践着自己的信念。"文学家不是做糖果点心的，不是化妆美容的，也不是给人消愁解闷的。""如果我是文学家，我就需要生活在人民之中。"契诃夫身体力行，哪怕身子虚弱，还是勉强自己远赴俄国流放政治犯的库页岛，以所见所闻，写下了后来被沙皇列为禁书的纪实作品《萨哈林旅行记》。

在极北极寒的库页岛上，契诃夫每天早上5点起床，把握时间四处找人做访问，并全程受到一个带枪的看守人员监视。最终，他成功记录了近1万名岛上囚犯与穷人的生活状况，如果那还称得上是

"生活"的话。

　　从库页岛回来后，契诃夫说道："我已经进过地狱，库页岛就是这样的地狱。"这次地狱之行，据说令契诃夫染上了到死也没法痊愈的肺病，但也启发了他对"永生"的思考，并在此后写下了多部哲学性的传世之作，例如小说《六号病房》。这也说明：哪怕人在地狱，也可以见到生命的意义。

如果没有你，那就没有现在的我

夏目漱石

　　研习日本文学的朋友，大概都会发现夏目漱石（Soseki Natsume，1867—1916）作品的一个小趣事，那就是作品的明治年份，与夏目漱石的年龄总是一样的。例如夏目漱石于 38 岁那年写下了厌战小说《我是猫》，那一年就是明治三十八年。

　　出现这个"巧合"的原因非常简单，因为原名夏目金之助的夏目漱石，出生在明治元年的前一年，即庆应三年（1867），因此年龄与明治年份同步增长。但大家不可不知的是：这个小巧合，成了夏目漱石悲剧人生的起点。

　　与明治年号同步，意味着夏目漱石的一生处于时代剧变之中。夏目漱石出生于名主家庭，家族本应该是社会上蛮有权力地位的，却在变更中的大时代下，成了渐渐被淘汰的。家道中落，加上母亲高龄产子而遭人白眼，夏目漱石出生后不久，就被送到别的家庭寄养了。

当时，夏目漱石被送到一个卖破烂旧家具的农村家庭。养父母每晚都会到四谷大街的夜市摆摊儿，而只有一两岁的夏目漱石，就这样被放在一个竹篮里，和一堆破铜烂铁堆在一起。他在这家一住就是4年。

故事的发展带一点戏剧性。有一天，夏目漱石的亲生姐姐经过市集，遇到了夏目，也不知道他们是如何相认的。总之，姐姐将夏目漱石带回了老家。这是夏目漱石对原生家庭的第一个有意识的画面：当时，夏目的父亲责骂女儿居然将夏目带回家来。

5岁时，夏目漱石又被送到另一个寄养家庭去了。夏目的第二任养父，跟他的生父有着相似的背景，同样是因为明治维新而变得落魄的社会贤达。据说，这对养父母平常生活非常吝啬，却特别宠爱夏目，用尽物质与心力满足他，也渐渐将夏目从那可怜的"人球"，宠成任性的少爷。

在夏目漱石的回忆里，这对养父母对他唯一的为难，就是每天晚饭时都会问夏目：谁是你最爱的父亲母亲呢？你是谁的小孩呢？

其后，这对养父母出现在夏目漱石的半自传小说《路边草》里，成为夏目读者最讨厌的角色之一二。不少人批评这对养父母虚伪，一心只想长大后的夏目漱石知恩图报。但我想，或许，他们也不过是可怜的一对。在时代剧变的转折中，缺乏爱的人，不只是小孩，还有大人。

爱，好像总是不能与夏目漱石结下更长的缘分。1875年4月，养父母正式离婚。经过一番转折，9岁的夏目漱石又回到自己的原生家庭。

当时，夏目的亲生父亲已经58岁，亲生母亲49岁，夏目一直以为这对比养父母大的多的人是自己的爷爷奶奶。夏目漱石称他们爷爷奶奶，他们也不否认，直至一阵子以后，夏目漱石才从一个女仆口中得知事实，也明白父母根本无意认他为儿子。

成年后的夏目漱石，通过照片相亲结识了镜子，并且成婚。二人的新婚生活尚算融洽，夏目漱石总算建立起自己的一个"家"。但在33岁那年，夏目漱石被政府派往英国伦敦留学，研习英语，这次留学再一次打断了夏目建立幸福的人生旅程。

伦敦之行让夏目漱石带回了知识与学养，但也带回了他敌不过现实的绝望、胃病，以及精神衰弱。据说，在英国时，夏目漱石几乎将所有钱都花在了买书上，因为整天将自己锁在斗室里埋头苦读，缺乏与人之相处与沟通，最终患上精神衰弱，甚至有人说是躁郁症。

3 年之后，夏目漱石完成学业回国，而与其他奉命留学的知识分子（例如同样是作家，后来成为陆军军医总监的森鸥外）相比，夏目漱石的回归没有促成他的功成名就。哪怕是他的成名作《我是猫》，也不过是当时一位编辑好友极力游说他以写作治疗抑郁的意外之作，写作的动机是为了缓解心情，而非成名。

可以说，夏目漱石的"一事无成"大概源于他"没有追求"的性格。

留学回来后，夏目漱石的精神状态跌到谷底。精神衰弱，加上脾气变得暴躁，夏目漱石与镜子的关系变差，也渐渐变得暴力。外界（尤其是夏目漱石的学生）一般都说镜子是"恶妻"，但从夏目女儿的口述，以及《我的先生夏目漱石》的蛛丝马迹中可见，事实大概是夏目漱石不时会对镜子动粗，反而是镜子为了顾全先生的名声，从来没有对子女与孙儿说过这些事情。

1916 年，夏目漱石因为胃病去世，享年 49 岁，一代文豪英年早逝。夏目漱石如此波折的人生，究竟可以教导我们什么呢？

面对不可逆转的明治维新，以及所带来的家道中落，经历了成为"人球"而得不到父母爱护的童年，挨过只身远赴英国的穷困艰难，带着神经衰弱与胃病的虚弱身体回归，夏目漱石花了一辈子的时间经历逆境，却在成长中找到自己的安身立命之所：写作。

在写作中，夏目漱石将所有不幸化成材料；在生活中，夏目漱石珍惜每一段相遇。晚年，夏目漱石跟镜子说："如果没有你，那就没有现在的我。"这个"你"是夏目漱石的镜子，也是每个人一生遭遇的种种，包括幸与不幸。

只要能活着，活着，活着！

陀思妥耶夫斯基

试想一个近乎超现实的场面：你最爱的亲人死了，而遗体安放在大厅的桌子上。那一刻，你会想什么？做什么？你再试想一下：当这样的情景，发生在俄国大师级作家陀思妥耶夫斯基（Fyodor Dostoyevsky，1821—1881）的现实之中，他，又会怎样做呢？

有别于其他大部分 19 世纪的俄国作家，陀思妥耶夫斯基成长于城市而非乡野，在城市接受精英教育并成为工程师。然而，植根于对文学的热诚，以及对于低下阶层的关怀，让他在 25 岁那年，即 1846 年，写下小说《穷人》。

《穷人》的书稿辗转传到了当时圣彼得堡的文艺圈领袖别林斯基（Vissarion Belinsky，1811—1848）手上。传说，别林斯基起初拒绝阅读这份来自不知名工程系学生的稿件，却本着好奇心仅是一看，岂知欲罢不能，连夜阅毕稿件，并在凌晨 4 点，到了陀思妥耶夫斯基的住所，亲吻这位年轻有为的作家，祝福他的前途。

因为别林斯基的加持，陀思妥耶夫斯基一举成名，却又因为别林斯基劣评他的第二部作品《双重人格》，而迫使他转投另一个带有革命意识的自由派文艺圈。这个文艺组织由一班活跃于圣彼得堡的知识分子组成，当中包括作家、教师、低层公务员，并由社会主义者米哈伊尔·彼得拉舍夫斯基（Mikhail Petrashevsky，1821—1866）带领，故又称"彼得拉舍夫斯基小组"。

彼得拉舍夫斯基小组有鲜明的政治立场，反对沙皇专制与农奴制度。1849 年 4 月 23 日，陀思妥耶夫斯基因参与反沙皇的革命活动而被捕，及后被判死刑。12 月 22 日，陀思妥耶夫斯基被押送到圣彼得堡广场，准备接受火枪队行刑。当第一排犯人列队完毕，火枪队上膛举枪之际，沙皇派来的车队突然进场，并公开宣布特赦死刑犯，流放犯人到西伯利亚。

这有如电视剧一般的戏剧性场面，影响了陀思妥耶夫斯基的一生及其作品。从与死亡只差一步之距，到重获生命，陀思妥耶夫斯基从心底感受到"存在"的重要，以至于他在以后的作品中一直强调一个命题："只要能活着，活着，活着！"

在西伯利亚流放 10 年，陀思妥耶夫斯基笃信基督，并与一位带着儿子的寡妇结婚。在那里，陀思妥耶夫斯基与妻子生活得很苦，他的癫痫症经常发作（包括在新婚之夜），而哪怕在 10 年后，他们一家人终于可以回到圣彼得堡，他们的生活也没有得到很大的改善。

1864 年 4 月的一个晚上，陀思妥耶夫斯基的妻子逝去，遗体按照当时俄国习俗安放于桌上，而在同一张桌子上，同时，陀思妥耶夫斯基在写他的经典名著《地下室手记》。

在陪伴着妻子的死亡之际，陀思妥耶夫斯基奋笔疾书《地下室手记》，描写一名活在地下室的可怜人如何思考自由的本质，主角叩问自己：一个人究竟如何可以不受限于外在的规则而实践自由意志呢？这些规则可能是有形的围墙与地下室的墙壁，也可能是无形的阶级，甚至于人们生命的大限。

那么，陀思妥耶夫斯基笔下的主角如何以生命回答这个问题呢？

《地下室手记》的主角，正如陀思妥耶夫斯基很多其他故事的角色，充满了内心的交战与矛盾的思维：地下室主人一方面自怨自艾，自认自己命运不济，另一方面又想得到长官的赞赏以找到存在感；他一方面说自己乐于独处，另一方面极想参与老同学的派对；他一方面埋怨地下室成了他的牢狱，另一方面又巩固、维持、装饰这个地下室，令自己更安于现状。

透过 11 个互相关联的短章节，地下室主人以个体的遭遇与视点，质疑了整个 19 世纪以来，人类文明所谓的发展、进步，以及迈向繁荣的愿景。小说问道：我们在牙痛之中，究竟可以有什么样的快乐呢？

或许，痛，能够证明活着，而活着，值得快乐。然而，在《地下室手记》的结局，陀思妥耶夫斯基再一次问道：如果我们活在地狱，还值得快乐吗？你可能还会问：那什么是地狱呢？

陀思妥耶夫斯基大概会答道：没有爱的地方，就是地狱。生活很残酷，死亡很可怕，但也不及没有爱的存在绝望。于是，我们明白，"只要能活着，活着，活着"，活着就是胜利，但记得要有爱地活着。

认为人可以没有信仰
是一种迷信

托尔斯泰

你想要成为一名伟大的人吗？

怀疑论者听到这样的问题，可能会如神经反射一般响应：伟大，该如何定义呢？没错，伟大的定义很广，一个人的伟大，可能基于个人事业到达了巅峰，也可见于一个人对社会的影响力，又可能是他为人类带来种种美善而流芳百世。但无论是以上哪一种"伟大"，我想，达到伟大的一个必然条件始终是：信仰。信仰，不一定是宗教的，它可以是一种让人在低谷中坚持下去的力量，也可以是一种让人在迷失中找到方向的目标，还可以是一种让人在苦难中看见美善的希望。有关信仰与伟大的这一堂人生课，我们可以请教俄国的伟大作家托尔斯泰（Lev Nikolayevich Tolstoy，1828—1910）。

托尔斯泰出生于 19 世纪的贵族家庭。据说，在他 5 岁时，哥哥告诉他一个故事，说世界上有一顶小绿帽，藏于山涧，只要找到这顶小绿帽，人间的贫穷、灾难、仇恨都会消失。当时的托尔斯泰信以为真，而"寻找小绿帽"也成了他儿时最喜欢的游戏。

长大后的托尔斯泰，固然不会再相信小绿帽的童话，但在我看来，托尔斯泰终其一生都在寻找一顶无形的小绿帽，甚至以自己的文字，身体力行地去创造心目中理想的小绿帽。

1884 年，托尔斯泰写了一本名叫《我的信仰是什么》的书。在书中，托尔斯泰坦言自己的信仰是基督教，但在他的日记里，我们同时找到这样的段落：

关于信仰和神的一番谈话使我产生了一个伟大的、非凡的思想。我觉得为了实现它，我能够献出我的一生。这个思想就是建立一个与人类发展状况相适应的新宗教。这是一种不仅许诺来世的幸福，亦给予尘世幸福的实际宗教。

这个"新宗教"仿佛就是托尔斯泰的"小绿帽",是他的信仰,也是贯穿他作品的力量,而非要具体描述这"新宗教"的话,大概就是一种"务实的博爱"。

作为俄国现实主义作家,托尔斯泰被誉为"最清醒的现实主义天才艺术家"。他在《战争与和平》中写道:"对兄弟们、对爱他人的人们的同情和爱,对恨我们的人的爱,对敌人的爱,是的,这就是上帝在人间播撒的那种爱。"托尔斯泰的每一部作品,一方面巨细无遗地翻开人类的黑暗与苦难,另一方面启发读者思考、探索"爱"的真相与可能。

晚年,托尔斯泰根据雨果的故事,重新写了短篇小说《穷人》,写出了自己对关怀弱势者的态度。《穷人》的主角是一名渔夫的妻子,名叫桑娜。桑娜育有 5 个儿子,生活潦倒,但在桑娜家的隔壁,有另一个比他们更贫穷的家庭,住着一名寡妇,带着两个儿子,无依无靠。

在一个寒夜,桑娜等待打鱼尚未归来的丈夫时,打算到隔壁问候一声,却发现那名寡妇已经冻死在床上,床边的两个孩子还在熟睡。桑娜二话不说，便抱起那两个孩子回到自己的家里。

看着面前自己的 5 个孩子，以及救回来的 2 个孩子，桑娜顿时恢复理性。她问自己：我应该救他们吗？我是不自量力吗？我会被丈夫责怪吗？最后，托尔斯泰给我们的答案是：爱，是真诚的，是不计较的，而真诚的不计较的爱，可以带来幸福。

在此，你可能会怀疑：在传统贵族家庭出生，又是大庄园主的托尔斯泰，凭什么说自己能体会低下阶层的疾苦，更遑论什么爱的"小绿帽"呢！的确，托尔斯泰拥有 380 公顷土地，更有 300 名农奴为他服务，但正如他所写："让我们失去安宁的，并非变换着的环境，而是不知足的欲望。"

托尔斯泰 70 多岁时，决定离开舒适圈，为自己的贵族身份忏悔，并且亲手盖了一间简陋的茅屋居住，开辟田地耕种，自力更生。托尔斯泰不顾妻子的反对，将自己的财产和耕地分给农民，并主动放弃著作权，将所有作品无偿送给社会。

于是，托尔斯泰就此成了伟大的人吗？

可能吧！但对于他的妻子索菲亚来说，托尔斯泰只顾着自己变得伟大，却剥夺了自己妻子与多个孩子的幸福。她曾写道:"(托尔斯泰)在自传中宣扬自己如何帮助邻人提水……却从未给生病的孩子倒过一杯水喝!"

或许,托尔斯泰始终是一名伟人,但在一名伟人背后,还有很多很多的人,为着这名伟人,为着他的信仰,牺牲了很多很多。当你终有一天成了伟人,可别忘了身边最亲的人。

马尔克斯

当现实的残酷将我们折磨到极限时，总会有一个声音告诉我们：不要放弃，因为我们总有希望。然而，当残酷进一步蚕食我们，"希望"还能够让我们撑多久呢？而我们又该怎样认清希望与现实的落差，好让自己不盲目地迷信希望呢？又说，希望是否存在真与假呢？要回答这些问题，我想参考的对象是拉丁美洲魔幻现实主义文学大师马尔克斯（Gabriel García Márquez，1927—2014）。

马尔克斯生于哥伦比亚，但正如他自己所言，"在拉丁美洲的任何一个国家里，我都觉得自己是本地人"。马尔克斯早已成为拉丁美洲文学的代表。作为诺贝尔文学奖得主，马尔克斯最为人所熟知的作品，可能是那部穿梭于 7 代人、横跨过百年的虚构家族史长篇小说《百年孤独》。

《百年孤独》的流行，令"魔幻现实主义"一词成了马尔克斯的代名词。可惜，大家往往只记得他的魔幻，却忘了他的写实。事实上，以虚构与幻想著称的马尔克斯，从来没有放弃过以文字书写现实的任务，而这写作的信念最早见于他早期的短篇小说《没有人给他写信的上校》。

　　《没有人给他写信的上校》讲述的是一位退休上校与他的妻子在乡下的困窘生活。他们穷到连咖啡"罐底带点铁锈的也刮来"当咖啡粉冲泡，潦倒到几乎变卖了家里所有得体的家具。他们生命最后的希望，只剩下两物：早逝儿子留下的一只斗鸡，以及上校等待已久的一封信。

　　先说那封信。话说，10多年来，每个星期五，上校都会去码头等待送信的船停泊靠岸，然后跟着邮件回到邮局，再在邮局等待局长分信。过程中，上校总是装出冷静的模样，与邮局周围的朋友聊天，实际上却是心急如焚，因为他在等的不单是一封信，更是政府答应给他的退休金通知书。可惜，一等便是10多年，而邮局局长的答案总是"没有人写信给上校"。

当收信的希望一再落空，而生活的残酷迫在眉睫，上校夫妇只好将最后的希望放在斗鸡上，他们用仅余的粮食养活斗鸡，以期待在两个月后的斗鸡大赛中可以获胜赚钱。在上校夫妇讨论这只斗鸡的"价值"时，也带来了这短篇中广为人知的名句：

"你不可以把希望吃掉了。"妻子说。

"你才不可以把它吃掉呢，它可以维持你。"上校回答说。

在此，斗鸡代表希望，没有人应该吃掉希望，因为希望是用来维持我们的生命的。这固然是正解，但过分强调这个解法，便又忽视了马尔克斯对"希望"的现实解读。

事实上，马尔克斯相信希望，但同时明白单纯的希望不足以救命，更遑论救世，上校退休金的希望如是，斗鸡亦如是。这个道理可见于故事的结局：

"它是只唯一不会输的公鸡。"

"但是如果它输了呢？"

"那仍然还有 44 天可以思考这件事。"上校说。

"那么，我们这段时间吃什么？"妻子问道。

这件事已耗去上校 25 年的光阴——他生命中的 25 年，一分一秒地过去——而到达了这个时刻，而这个时刻，他觉得已是单纯而明显地无法可想了，于是他回答说："狗屎。"

这篇以"希望"为主题的《没有人给他写信的上校》就此以"狗屎"作结，没有半点俗气，却是实实在在的写实。这份写实，正是马尔克斯的小说经常被忽视的部分。马尔克斯"一直相信，我真正的职业是记者"，而《没有人给他写信的上校》的故事发生在"一个没有魔幻色彩的村子。这是一种新闻式的文学"。

面对现实与政治，马尔克斯以文学响应，正如他所说："很多人认为我是一个写魔幻小说的作家，而实际上我是一个非常现实的人，写的是我所认为的真正的社会主义式现实主义。"

在文学与新闻之间，作者有了自己理解世界的权力，马尔克斯认同这份权力，说："是这样，而且我也能够感觉到这一点。它给了我一种强烈的责任感。我真正想要写的是一部新闻作品，完全的真实和实在，但是听起来就像《百年孤独》一样奇幻。"

换言之，马尔克斯深深明白文学与现实的关联，并认为，只有贴近现实真相的文学才可能是实在的文学，只有建基于现实之上的文学才有它的合法性，而只有贴近现实的作者，才可以以文学响应现实。而马尔克斯贴近现实的方法是什么呢？

"我不跟老朋友断绝或割断联系，"马尔克斯说，"他们是那些把我带回尘世的人，他们总是脚踏实地，而且他们并不著名。"朋友，尤其是老朋友，从来是我们经验现实的根本。

第二章

乌鸦与光

我们不可能不负伤地走出人生的竞技场

芥川龙之介

世界上，是否存在一种"合乎客观安全标准"的方法，可以让我们学会骑单车呢？当然，我想是有的，只是绝大部分的我们，都是以一种极不安全的方法学会骑单车的。我还记得，小时候是舅父教我骑单车（没有辅助轮的两轮单车），而他教我学会在单车上取得平衡的方法，是让我与单车从高处一起滚下去。

人生，是一场学会平衡的过程，平衡责任与欲望，平衡批评与自我，平衡积极与消极……而这趟学习平衡的人生，又是否无可避免地，必然要受一点伤呢？

日本新思潮派作家芥川龙之介（Ryunosuke Akutagawa，1892—1927）的答案是："我们不可能不负伤地走出人生的竞技场。"

芥川龙之介的成名，可算是天才型作家的典范。他大学还未毕业，就已经获得前辈作家夏目漱石的青睐，后者主动接触、提携他。然而，这位一生留下了《罗生门》《地狱变》，以及其他150多个故事的天才型作家，又何以只活了短短的35年，便用安眠药自杀身亡了呢？芥川龙之介的悲剧，可以从其出生说起。

芥川龙之介，原名新原龙之介，改名的原因，不为什么，只因为迷信。据说，当时42岁的父亲与33岁的母亲生下了龙之介，而父母的年岁，刚巧分别是男性与女性的"大厄年"（有点类似我们的"犯太岁"）。龙之介的父母相信在大厄年生下这名独生子不会是好事，于是便以"假装儿子是捡回来的"方式养育他，并跟随舅父的姓氏，改名"芥川龙之介"。

后来，大厄真的来了。芥川龙之介的母亲，在生下他不久之后便精神病发作，变得神经错乱。因此芥川龙之介顺理成章地被舅父接走，并由舅父一直照顾。在芥川龙之介11岁那年，母亲过世。

舅父的芥川家族，本是一个有身份地位的家

族，虽然于维新之后没落，不富，却贵。芥川龙之介就此在一个讲究教养与人文气息的家庭长大，并在 21 岁那年，以新生第二名的优异成绩，考入东京帝国大学，主修英国文学。

自命不凡的芥川龙之介，成年后遇到的第一个大挫折，来自爱情。

当时，芥川爱上了青山女子学院的学生吉田弥生。情窦初开的芥川一心要娶吉田弥生为妻，而他万万没想到，芥川家因为吉田弥生非士族出身，不能门当户对，而禁止芥川与她交往。最后，吉田弥生嫁给了一位海军士官，而芥川龙之介也开始陷入怀疑家庭、出身、命运的单程路。

在《侏儒的话》里，芥川龙之介写道："人生悲剧的第一幕，始于成为父母、子女。基因、境遇、偶然：掌握人们命运的，终究是这三样东西。"芥川龙之介先天缺乏父母之爱，在芥川家没落贵族的境遇中成长，却偶然地爱上了不门当户对的情人。这，或许就是芥川理解的命运。

后来，芥川龙之介当上了海军学校的英语老师，有安稳的工作，也结婚成家。婚后不久，他发表《地狱变》，一跃成为文坛宠儿，更令他大胆辞职，成为全职作家。

然而，他的打击又来了：他的恩师夏目漱石去世。从此，芥川龙之介的人生路仿佛失去了指路的灯，而经过他的中国之行，写下《上海游记》《江南游记》等作品之后，芥川龙之介更走上了老师夏目漱石的旧路，受神经衰弱、肠胃炎、心悸之苦。

随着身心的每况愈下，芥川龙之介的作品也一步步走入"人之恶"，写尽人间的丑恶、怪异、恐怖，也因此被称作"恶魔主义"。虽然芥川龙之介在这段时期的作品，依然坚持揭示人要在恶魔世界之中找寻美善，并要冲破道德的约束而满足自由意志，但同时，行文之间也散发着大量压抑的郁闷，以及对死亡的思考。

到了芥川人生最后的两年，他终于出现幻觉，就好像真的是基因作祟，他重复了母亲的命运。在他最后一部作品《一个傻子的一生》里，芥川龙之介记录了 51 个生活片段，当中不乏他精神衰弱时的描写。

最终，芥川龙之介自杀。每次想起芥川龙之介的死，都会想起他说的两句话。第一句是"我的人生只有两条路，发疯或自杀"，而第二句是"决定我们命运的是信仰、遭遇，还有机遇，不幸的是我没有信仰"。

又想起舅父教我骑单车时的情景。最后，我是如何学会骑单车的呢？当时，舅父扶着我的车，放手。他说："眼睛要望得远。只有望得远，才能找到你的平衡。"远，是什么？远，是一个方向，也是信仰的所在。站在芥川龙之介这悲剧英雄的肩膀上，我们要更加明白有所信、有所仰之必要。让我们怀着信仰，战斗到底。

难道就没有别的更好方法吗？

江户川乱步

我妹妹比我小 5 岁，我们的性格迥异。我好静，她好动。我迟钝，她敏感。我容易因为追不到目标而受打击，她却有一项技能：几乎每个学年都能拿到"最佳进步奖"。她是如何办到的呢？有一次，我终于忍不住问她，她说"只要在上学期退步一点，就可以"。"哈哈哈哈"，我当场笑了出来。这可能是我人生中学到的第一个大道理。进步，不难；知进退，才是绝活。

当然，你可能会说我妹妹不是什么大人物，而你也不好用她的"绝活"来启发自己，那我们还是谈一位大作家吧！同样是知进退的人物，他就是日本侦探小说之父——江户川乱步。

江户川乱步（Ranpo Edogawa，1894—1965），原名平井太郎，活跃于大正至昭和年间，其早年是与芥川龙之介同期的作家。江户川乱步出生在中上家庭，祖父曾经当官，父亲从商，母亲热爱艺术，他从小在父母的溺爱中长大。父母给他阅读了大量的西方侦探小说，当中便包括江户川乱步最爱的美国作者爱伦·坡（Edgar Allan Poe，1809—1849）的作品。

年轻时的江户川乱步一心想到美国深造，可惜好景不长，父亲的生意突然转坏，一家人只好务农维生，而充满生命力的江户川乱步考上了早稻田大学政治经济学系，成为日本第一代大学生，更是以半工半读的方式维持学业与帮补家计。后来，江户川乱步因为兼职太多，而无法顺利毕业，只好投身社会。他曾经在旧书店工作，又试过到拉面店打工，也曾当过编辑、记者、工人、律师楼助理、广告公司员工，等等。总之，没有一份工作能维持超过一年。他到了人生壮年的 30 岁，还是一事无成；好不容易找到爱人结婚，婚后的生活依然穷困，穷到要将家里的棉被、枕头卖掉换钱；半生被迫搬家超过40 次，更为生活所迫而搬离城市，与妻子和孩子回乡下老家生活。

如此一事无成的人，是如何成为日本推理世界的第一人的呢？答案就是江户川乱步的能屈能伸，而屈比伸重要。

哪怕生活潦倒，热爱写作的江户川乱步依然不断创作、不断投稿，终于得到一本以翻译外文侦探小说为主要内容的杂志《新青年》主编的赏识，后者还亲自上门拜访乱步。然而，江户川乱步之后的成功，不在于这次初试啼声，也不在于他的努力不懈，而在于他一生的三次封笔。

江户川乱步第一次封笔是在他出道后不久的两三年间。当时，江户川乱步以本格派推理小说出道，作品《两分铜币》《D坂杀人事件》赢得了读者的喜爱。然而，我们不知道江户川乱步是力求创新，还是江郎才尽，到了出道第三年的时候，他的作品逐渐偏离"本格派"的路线，故事重点不再放在推理与诡计上，而是恐怖、猎奇，甚至情色上。《人间椅子》《天花板上的散步者》等作品，虽然得到了不少人的喜爱，但惹来本格派忠实读者的不满，他们认为乱步在两年之间便已背叛本格作风，于是对乱步狂追猛打，逼得乱步封笔，到伊东温泉静修去了。

第一次封笔，成就了第一次复出。一年后，乱步带来了《阴兽》，也带来了巨大的逆转胜。《阴兽》不但在商业上迎来了大成功，出版社加印了两次；在艺术上也巧妙地结合了推理与冒险元素，突破了本格与变格之辩，写出了属于乱步的风格。

　　这是江户川乱步的第一个创作高峰，但就在这全盛的 4 年时间之后，乱步突然再次宣布封笔，理由是他怀疑自己再不能写出更好的作品，怀疑自己失去了写好长篇小说的方向。在此，乱步在高峰处，正式考虑退出文坛。

　　当时，另一位著名侦探小说作家横沟正史（Seishi Yokomizo, 1902—1981）发了一封著名公开信，说乱步封笔只是出于他的自卑，告诫他不要成为文艺史上的悲剧人物，也预言乱步必然（也必须要）复出。果然，乱步第二次复出，带来了一系列富有新鲜感的作品，包括《少年侦探团》《怪盗二十面相》等，受到一众年轻读者欢迎。

　　江户川乱步每一次封笔，都能够带来更好、更成功的新颖作品，而他最后一次封笔是迫于无奈，那是因为战争。在二战之后，江户川乱步以另一个身份复出，成了复兴推理小说的推手，提拔新人作家；创办了推理小说杂志《宝石》，担任"侦探作家俱乐部"（现日本推理作家协会）第一任会长；并在60岁大寿时，以自己的存款成立基金会，启动了影响力持续至今的"江户川乱步奖"。

在此，江户川乱步教导了我们在面对自我怀疑时的对策，与其逼自己硬着头皮上路，不如选择"暂时"停一停，让自己找回生命的重点与节奏。

眼见同代作者，如芥川龙之介的遭遇，江户川乱步曾说："如果连死的决心都能下的话，难道就没有别的更好方法吗？"的确，知进退，韬光养晦，以等待下一次蓄势待发，的确不是坏事。

要记得：退，不代表软弱，只要找到进步的路。

三岛由纪夫

关于说谎，有什么比"不要说谎"更重要的道理呢？

我想，还是有的，而且至少有两个：第一，不要对过去说谎，意思是不要篡改自己曾经做过的事；第二，不要对自己说谎，即不要自欺欺人。这两种谎言都可以令人泥足深陷。而当有一天，一个人不想再自欺，而想为过去的谎话做出补偿之时，这可以是一次勇气可嘉的表现，但也可以是一场悲剧，就像三岛由纪夫的人生故事。

三岛由纪夫（Yukio Mishima，1925—1970），本名平冈公威，作为日本战后的现代作家，其脍炙人口的作品如《假面的告白》《潮骚》《金阁寺》等，均带有一种对日本古典美的凝视，正如他的笔名"三岛由纪夫"。"三岛"是人们乘坐东海道电车，去富士山看雪的必经车站；而"由纪夫"的日文发音读起来，就像"去吧"的意思。"三岛由纪夫"大概就是：去吧，我们到三岛，去看日本的美。

三岛生在传统日本武士家庭，由带有贵族气息的祖母永井夏子照顾长大。与其说是照顾，实质上更像监禁，祖母对三岛寄予厚望，所以终日将他关在她自己的房间里，不让外人插手指导三岛。

祖母永井夏子将整个家族的期望，放在长孙三岛由纪夫（当时还是平冈公威）身上，亲自安排他的饮食、衣着、教育，甚至是可以结交的朋友。三岛的童年被关在祖母养病的房间内，他自己的内心世界也被关上。

作为又一名天才型日本作家，三岛由纪夫16岁时已发表作品，并受到前辈作家川端康成（Yasunari Kawabata，1899—1972）的赏识。这位曾经三次获诺贝尔文学奖提名的作家，又何以最终以切腹自尽来了结45年的人生呢？

川端康成曾说："如果当初诺贝尔文学奖不是我得到而是由三岛得到，就不会发生这种悲剧。"但我想，三岛由纪夫以生命谏国的悲剧，其伏线可能埋得更深更远，远至三岛的大学时期。

从高中开始，三岛由纪夫的学习时期都在第二次世界大战的背景下进行，而当他考入东京帝国大学，主修法律后不久，他的大学生活也因为战争而被迫停顿。当时，三岛由纪夫被国家指派到工厂制造"零式战斗机"，即之后"神风特攻队"用作自杀式攻击的型号。

执行这次任务是三岛由纪夫第一次与"战争"接触。如果你以为这样的经验，正促成了三岛由纪夫的无私爱国情怀的话，或许是言之尚早。

在战争白热化的阶段，三岛由纪夫被征召入伍。当时，只是患了普通感冒而发烧的三岛，竟然谎称自己"发烧半年，持续咳嗽，而且痰中带血"。军医草率地诊断他患了肺病，准许他解除兵役，即日回乡。"理应"病重的三岛，之后去哪里了？在回乡的路上，三岛顺路去了一趟大阪，为的是去拜会曾经提携他的诗人伊东静雄（Shizuo Ito，1906—1953）。

一个会诈病而逃兵役的人，何以最终成了因爱国而自尽的狂热分子呢？这让我想起三岛的一句话，他说:"人的生的本能,在或生或死的情况下,当然是执着生。只是人在想美美地生、美美地死的时候,执着生经常需要觉悟到背叛了美。人嘛,美美地死与美美地生是同样困难的;同样,彻底丑陋地生、丑陋地死也是困难的。"

我怀疑,三岛由纪夫战后的爱国执着,是一种对自己过去在战争时,因"执着生"而变得丑陋之厌恶反馈。我常常想,在死亡之际,三岛由纪夫是否会回忆起当日逃兵役的景象呢?当时的他,是否会有他所说的那"一瞬间的踌躇"呢?

"一瞬间的踌躇,"三岛由纪夫说,"往往能使一个人完全改变后来的生活方式。这一瞬间,大概就像一张白纸明显的折缝那样。踌躇一定会把人生包裹起来,原来的纸面变成了纸里,并且不会再次露于纸面上了。"

以上是三岛由纪夫较少被人提及的往事,也是我们较少提醒自己的事:不要跟自己说谎,不要令自己内疚,不要逼自己为了"一瞬间的踌躇"而偿还一辈子。

好的对手会让你越战越勇

大江健三郎

　　人类是充满幻想的动物，也是乐观的动物，所以我们往往会幻想开心的事，又或一件事开心的一面（而无视同一件事或许有糟糕的一面）。例如，在没有房子的恋爱生活中，情侣一同逛家居店，幻想怎样布置未来的家。又例如，在未有孩子的时候，我们会幻想未来小孩的性别、样子，甚至姓名。

　　曾经，有一个人在孩子出生前，突发奇想地想了一个名字，跟自己的母亲说："母亲，我已经想好了你孙子的名字，就叫'乌鸦'。大江乌鸦就是你孙子的名字了。"听罢，未来孙子的祖母便发怒回到自己的房间去了，而这名幻想自己的孩子叫"乌鸦"的人，正是日本历史上第二位诺贝尔文学奖得主大江健三郎（Kenzaburo Oe，1935— ）。

　　故事的下半部是这样的：第二天清晨，当大江健三郎打算出门办事之际，母亲跟他说，"乌鸦这个名字也很好嘛"，而早已因为命名惹恼了母亲而后悔的大江健三郎，即表示歉意说，"昨天的事，真是对不起，我把名字改成了光"。

这件事表现出了大江健三郎的幽默作风，同时也是他的大儿子大江光的命名故事。只是，儿子大江光的出生故事，对于大江健三郎来说，或许不容幽默。

1960 年，26 岁的大江健三郎，与他的同学，即著名导演伊丹十三之妹伊丹由佳里结婚。婚后，有了他们的第一个孩子，正是大江光。当时，大江健三郎早已因为《饲养》而获得"芥川龙之介奖"（芥川赏），又在新婚之后迎来弄璋之喜，理应事业家庭两得意。可惜，在太太生下光之后，他们才知道儿子有先天残障问题——后脑长了一个肉瘤，严重影响他的发育。

大江健三郎的大学毕业论文，题目是《关于萨特小说中的形象》，而他的作品一直强烈折射出加缪（Albert Camus，1913—1960）的存在主义精神，更明显有萨特（Jean-Paul Sartre，1905—1980）的理想主义倾向。加上大江健三郎为人乐观、风趣、幽默，所以他就可以轻松面对孩子的天生残障，甚至一笑置之吗？没有。

儿子大江光多次手术，但还是无法根治脑部的肿瘤问题。大江健三郎承受着极大的痛苦，就像他曾经在访问中忆述儿时看见鱼钩上的鱼，"不断挣扎，却不懂呼救"。带着无法言传的痛，大江健三郎到了江之岛，打算赴水寻死。

大海，唤醒了大江健三郎的存在意志，他想起了自己心爱的妻子，想起了需要他的儿子，想到了这份"痛"的价值。"好的对手会让你越战越勇"，而我们永远的对手只有我们幻想中的恐惧与痛。

从自己的痛出发，以儿子残障的事为蓝本，大江健三郎写成了小说《个人的体验》。"小说中的人物觉得和残疾儿生活在一起不舒服，"大江健三郎说，"对于故事情节来说，这是必要的，但我从来没有为此感到焦虑。我想要我的命运。"

大江健三郎正视痛楚，决定选择活着，重新把握了自己的命运，为着自己定义的存在而存在，借着书写《个人的体验》，他意识到"与智力发育缓慢并患有智障的儿子共同生活下去，就是自己今后的人生"。

"自从患有先天性残疾的孩子出生以来，我认为很大一部分时间必须用于与光一起生活，"大江健三郎说，"但是文学，还在继续。只要我还在从事文学工作，自己的文学就要表现与儿子的共同生活。于是，文学写作便与'我和儿子的共生'重叠起来，双方只能是互相深化的关系。"在大江光长大后，他写成了另一部与大江光有关、充满阳光的小说《静静的生活》。

大江健三郎能够获得诺贝尔文学奖，当然是有鉴于他以自由派作家的立场，挑战所谓传统文化价值的文学表现，这是大江健三郎文学的力。但对我来说，大江健三郎文学的吸引力，在于他文字中的光，照亮所谓的不幸，指导我们学会与不幸共同生活，静静生活，渐渐找到幸福。最后，一切都是自己难得的个人体验。

绝不要和愚蠢的人争论

马克·吐温

误解，是一把刀，往往可以残忍地削去一个人的善心。

每个人都被人误解过：当你一心要做好事的时候，有人会以为你是装好心；当你还在思考一件事的对错真伪时，有人会说你是老奸巨猾，企图看风使舵；当你为别人打抱不平的时候，有人会说你想抢风头。被人误解，我们可以怎么办？或者，我们可以参考一下美国讽刺大师马克·吐温（Mark Twain，1835—1910）的人生。

在马克·吐温4岁那年，他们一家搬到了密苏里州，并在密西西比河畔的一个港市生活。在那里，马克·吐温不但找到了他的名著《汤姆·索亚历险记》和《哈克贝利·费恩历险记》的城市原型，更因为当时密苏里州是联邦的奴隶州，而令他从小接

94

触奴隶制度，反思当中的问题。

在马克·吐温的作品中，奴隶制度是他经常探讨的主题，无论是多么轻松幽默的笔触，故事底层都带着关怀弱者的人文精神。然而，这个人文主义的底层往往不见人前，而人们看到的往往是作品表面上充斥的大量政治不正确（以当代观念来说），甚至带有歧视成分的用语，例如"黑鬼"。因此，从过去到现在，马克·吐温往往被人误认为是歧视有色人种的美国作家，但在我看来，事实恰恰相反。

马克·吐温曾经写过一篇充满争议性，并在我看来高度被误解的小说，题为《对一个小孩的可耻迫害》(*Disgraceful Persecution of A Boy*)。故事讲述一名美国白人男孩，从小听到不少大人对华人的歧视言论，说他们肮脏、古怪云云，也知道了很多当时（19世纪末）美国白人对在美华人的暴力行为。

有一天，白人男孩问爸爸："我什么时候才算长大呢？"爸爸看了看他，慈祥地笑着说："你现在就长大了啊！"然后，男孩又问："那么我就可以开始负起我的社会责任了吗？"听罢，爸爸欣慰地回答："你会觉得长大了就要负起社会责任，你真的是一个好公民呢！"

那天，白人男孩便找来了几个朋友，迫不及待地去"负起社会责任"：到街上找来了一个华人孩子，然后将他狠狠揍了一顿。

我们，当然不会认为这故事有多幽默或多可笑，反而会认为马克·吐温歧视中国人。可是，这正是读讽刺小说的困难所在。马克·吐温完美示范了写作讽刺小说的误读风险。

事实上，马克·吐温一生致力于推动人生而平等的概念，尤其在 19 世纪 70 年代全美一片排华情绪中，他主张美国人应该重视在美华人的人权与尊严，而以上提及的故事改写自他在少年时遇到的一次事件。

当时，马克·吐温在旧金山的街头，看到一群白人青年无缘无故地欺凌一个华人，而旁边站着一名警察，却无动于衷地冷眼旁观。马克·吐温认为此事荒谬至极，将过程写成报道文章，却找不到任何地方愿意发表。时隔多年，马克·吐温决定将此事写成一篇讽刺小说，好让事件可以公之于世。

《对一个小孩的可耻迫害》的故事结局，与事实刚好相反，是一名目睹白人男孩恶行的警察，将他们抓到警察局，并处以惩罚。心思不够细腻的读者，或许会以为这"惩罚"正响应小说的题目，好像是说"这是对一个白人小孩的可耻迫害"。但只要我们回到马克·吐温的立场与经历，不难明白这不过又是他的讽刺手法：题目中的"小孩"，其实是指被白人追打的华人小孩。

1910 年 4 月 21 日，马克·吐温因心脏病发作离世。死前，一生经历了各种大大小小误解的他，叮嘱后人只能在 100 年后才公开他的自传，并警告说："我的后代如果胆敢提前出版（自传），他们势必会给活活烧死。"

为什么马克·吐温会有这般想法呢？在此，请记得马克·吐温的名言："绝不要和愚蠢的人争论，愚蠢的人会把你拖到和他们一样的水平，然后回击你。"当我们要对付人们的流言蜚语时，相比于自辩，相比于激动，更有效的工具是时间，让时间证明自己的清白好了。

人生是含泪的微笑

欧·亨利

　　我是欧·亨利（O. Henry，1862—1910）的忠
实读者。在我心情低落，或缺乏文思之时，阅读
欧·亨利的故事往往可以拯救我。有一些同样热
爱文学的朋友，曾经为他而与我争辩。他们认为
欧·亨利的叙事手法过时，情节流于堆砌，结构过
于工整，而著名的"欧·亨利式结尾"，即那总是
"出乎意料又合乎情理"的结尾，更是我这些朋友最
为厌恶并视之为俗套的。

　　我能够理解这些朋友对欧·亨利的评价，但对
于"欧·亨利式结尾"的本质，我还是想多说一点，
未必关乎文学，却肯定关乎生活。

　　的确，"欧·亨利式结尾"是欧·亨利活用幽
默、双关语以及笑话的结果，但要明白"欧·亨利
式结尾"的本质，我们要理解一下欧·亨利曾经面

对的残酷世界。

　　欧·亨利，本名威廉·波特，出身于一个医生家庭，但父亲却是一名酗酒的医生，家中永无宁日，经济条件也很差。结果，欧·亨利在高中时就辍学，辗转回到了家族的本行，在叔叔的药店当学徒，学到了配药的知识，但他一心想当一名画家。

　　后来，欧·亨利到了西部，当了一段时间的牧人。其间，他从移民身上学会了一点西班牙语和德语，了解了各种风土人情，更重要的是，欧·亨利在那里遇到了他一生最爱的妻子阿索尔。

　　当时，欧·亨利遇上 17 岁的阿索尔，二人两情相悦，私订终身。在阿索尔中学毕业的晚上，阿索尔瞒着家人，与欧·亨利找到了牧师的家，要求牧师为他们证婚。从此阿索尔跟随欧·亨利的本姓，成了阿索尔·波特。顺带一提，阿索尔的母亲因为太生气，那以后就再没有去那位牧师的教堂了。

　　没有阿索尔，大概就没有欧·亨利。没有阿索尔的鼓励，一生从事过十多种工作的欧·亨利根本不会真的当上作家，也不会在他结婚那一年在《底特律自由新闻报》上发表作品。

可惜，欧·亨利的人生，正如他的小说《麦琪的礼物》中的一句话："人生由啜泣、抽噎和微笑组成，而抽噎占了其中绝大部分。"什么是抽噎？就是哭得一吸一顿，哭得上气不接下气。在欧·亨利刚刚踏上作家的轨道时，发生了两件事：一，欧·亨利被控在任银行出纳员期间盗用公款；二，在欧·亨利被传讯、逃亡、关押的过程中，阿索尔患上了肺结核，并在一年之后，即 1897 年病逝。

1898 年，欧·亨利在银行账目案中被判有罪，被判 5 年有期徒刑。他在俄亥俄州哥伦布的联邦监狱服刑。在服刑期间，欧·亨利因为具备专业知识而当上了狱中的药剂师，但收入不足以维持自己与女儿的生活。因此，欧·亨利拾起妻子生前鼓励他的那支笔杆，写起短篇小说。

说了欧·亨利半生的故事，这跟"欧·亨利式结尾"有什么关系呢？

在可能是他最著名的小说《最后一片叶子》中，欧·亨利写道："为生命画一片树叶，只要心存相信，总会有奇迹发生，虽然希望渺茫，但它永存人世。"欧·亨利以"欧·亨利式结尾"为生命写下这样的故事结局：穷人可以有希望，好人会有好报，命运充满奇遇……

乍看之下，"欧·亨利式结尾"极尽风趣幽默之能事，但在欧·亨利下笔之时，他却没有风趣幽默的本钱，他正在经历人间的残酷与痛苦。因此，"欧·亨利式结尾"是一种选择，是一种对文学的选择，也是一种对生命的选择。

最后，我没有"欧·亨利式结尾"，却想抄下欧·亨利的一句话："我们最后变成什么样，并不取决于我们选择了哪条道路，而是取决于我们的内心。"无论如何，要保持我们的内心。

放弃一切比人们想象的要容易

卡尔维诺

在小说《分成两半的子爵》中，卡尔维诺（Italo Calvino，1923—1985）写道："有时一个人自认不完整，只是他还年轻。"有趣的是，这句话大概是写给不再自觉年轻的人的。

我一般以为一个人能够自认不完整、自认有缺陷，是成熟的表现，但卡尔维诺说"只是他还年轻"。如果成熟的人都知道自己不可能完整，那么，我们还应该追求什么、坚持什么，好让自己变得完整呢？卡尔维诺的人生及其作品，仿佛给以上这些问题提供了一个答案，哪怕这答案未必完整。

卡尔维诺的人生，就像他的名字，一辈子离不开他的国家——意大利。1923年，卡尔维诺在古巴出生。母亲怕卡尔维诺会因为在异地出生、异地长大，而忘了祖国，故此以"Italo"（意大利）作为他的名字。母亲万万想不到的是长大后的卡尔维诺，除了成了意大利国宝级作家，竟然也成了一名狂热的"爱国者"。

卡尔维诺的"爱国"，是完全以生命投入进去的，而他所爱的"国"，是"意大利"，而非某一政权。在第二次世界大战期间，卡尔维诺参加了意大利抵抗组织，抗击纳粹德军，更不惜连累父母成了敌军人质。他亦试过加入游击队，追击当时的意大利墨索里尼政权。

在游击队的经历，让卡尔维诺写成了一系列与此有关的早期作品，包括小说《通向蜘蛛巢的小径》，以及短篇小说集《亚当，午后》，但真正主宰卡尔维诺心思的始终是宏大的政治意识形态。

战后，卡尔维诺加入意大利共产党。定居都灵的卡尔维诺，除了攻读文学学士，还为意大利共产党机关刊物撰文，以及在相关出版社工作。后来，卡尔维诺更与好友一起编了一本左翼杂志。

如果"一个人自认不完整，只是他还年轻"，那么，当时的卡尔维诺大概还年轻。因为有一天，他忽然看见自己的"不完整"，惊觉心中美好的共产主义政权之"不完整"。

"放弃一切比人们想象的要容易，困难在于开始。"卡尔维诺写道，"一旦你放弃了某种你原以为是根本的东西，你就会发现你还可以放弃其他东西，以后又有许多其他东西可以放弃。"而卡尔维诺的政治生活，迫使他直视自己应该放弃什么，然后甚至要放弃更多什么。

1952 年，卡尔维诺在报纸上发表了他到苏联参观后的游记。按他自己的说法，他"几乎只记载了对日常生活最细微的观察，安心、踏实，无关时间，无关政治。不以崇高雄伟的角度来介绍苏联，我以为是创新"。

4 年之后，即 1956 年，终于令卡尔维诺无法回避心中的"不完整"。卡尔维诺写道："当时的意大利共产党都是精神分裂病患。没错，就是这个字眼。我们一半已经是，或希望是事实的见证人，是为弱者及被欺压者伸张正义的复仇者，对抗一切强暴，维护正义；另一半以信仰之名，振振有词地为所犯错误、横行逆施的斯大林辩解。精神分裂，双重人格。"

卡尔维诺明白了自己的不完整，也明白了这不完整的原因，因此，他做出了选择。选择，总是关乎坚持，以及放弃。于是，我们明白了卡尔维诺的一课。"有时一个人自认不完整，只是他还年轻"，而"一旦你放弃了某种你原以为是根本的东西，你就会发现你还可以放弃其他东西"。

那么，我们真的会放弃一切吗？

不会的，因为当我们真的成熟，我们会明白"不完整"的"完整"，我们会找到放弃一切后的得着，并清楚知道我们应有的坚持。正如卡尔维诺说的："我经历的一切往事都证明这样一个结论：一个人只有一次生命，统一的、一致的生命，就像一张毛毡，毛都压在一起了，不能分离。过去的一切生活，最后都要连接成一个整体的生活，连接成我现在在这里的生活。"

我们无法辨别我们的秘密，是重要，还是不重要

E.M. 福斯特

如果你想找一本以英国人生活为题材，幽默而不失批判，且文笔细腻的作品，我会向你推荐近代英国小说家 E.M. 福斯特（Edward Morgan Forster，1879—1970）的作品。

福斯特擅长将不同社会阶层的生活与价值，以及人与人之间的各种纠结与矛盾，写进曲折的故事里。文字如行云流水，又善用象征符号，令读者不时会心微笑，又会有片刻的停顿反思。例如他的第一本小说《天使不敢涉足的地方》，批评英国中产阶级的宗教道德观念；又例如我喜爱的《看得见风景的房间》以喜剧手法描写低下阶层的各种生活，实质上指出当中的种种愚蠢而荒谬的假道学。

但福斯特的小说，不会只停留在极尽挖苦讽刺之能事后便作罢，在以带有喜感的方式指出社会陋

习以后，福斯特总是给故事一个美好的结局——一个以爱与关怀来解决矛盾的结局。

这样的故事安排，有人读来得到慰藉，有人读来觉得是另一种虚情假意。但无论如何，都不能否认这正是福斯特的人文主义精神，只是各有好恶而已。那么，我们将要在福斯特的人生课中，学会怎样散发叫人充满暖意的爱吗？不，我想谈的福斯特，关乎秘密和保守秘密。

福斯特的小说写实，而他的人生却走在似是而非的秘密之间。1897年，福斯特在剑桥大学国王学院就读，并加入了阴谋论界的一个著名组织"剑桥使徒社"。"剑桥使徒社"，正名为"剑桥辩论俱乐部"，跟其他受到阴谋论界聚焦的团体一样，它既理应神秘，但又众所周知。

"剑桥使徒社"成立于1820年，最初声称是一个辩论俱乐部，因为初始成员有12人而得名。"剑桥使徒社"的神秘，不单在于他们会秘密会面讨论哲学、神学，以至神秘学的话题，更在于其在历史上诞生了二战期间活动于英国和苏联之间的5个双重间谍，即"剑桥五杰"。

福斯特不单是神秘组织"剑桥使徒社"的要员，更从 20 世纪 10 年代开始，参加了另一个半公开的文艺组织，即著名的"布卢姆茨伯里派"。布卢姆茨伯里派成立于 1904 年，因为以英国伦敦布卢姆茨伯里地区为活动范围而得名，历来成员包括伍尔夫（Virginia Woolf，1882—1941）、克莱夫·贝尔（Clive Bell，1881—1964），以及经济学家凯恩斯（John Maynard Keynes，1883—1946）等等。"布卢姆茨伯里派"高举爱与关怀的旗帜，与福斯特的人文主义立场一致，两者都带着"爱与同情"的外表，又有一层薄薄的神秘面纱。

走笔至此，福斯特不过是徘徊于神秘组织，而他又确实有什么秘密呢？福斯特几乎花了一辈子的时间，保守他是同性恋者的身份，直至在他过世后的 1971 年，半自传小说《莫瑞斯》出版后才解开这个秘密。

早在 17 岁时，福斯特就已经确定了自己的性取向，他喜欢上了一名修读拉丁文的印度穆斯林学生，却没有大胆求爱，只维持着一种带有暧昧的浪漫友谊。当时的福斯特知道他必须要将此秘密藏于心底，因为就在前一年，即他 16 岁那年，他在报纸上读到了有关审判王尔德的新闻报道。

在《看得见风景的房间》中，福斯特写道："保密，有它不利的这一面：我们丧失了对事物的分寸感，我们无法辨别我们的秘密是重要，还是不重要。"而当我们无法辨别我们的秘密，是重要还是不重要时，我们被迫做出的选择，就是保守秘密。

到了晚年，福斯特与一名有妇之夫保持着长久的感情关系，他们在40多岁时相识，然后一直维持着亲密关系。直至福斯特到了人生最后的一刻，他还是身在这位伴侣的家中，面对他所说的"人的生命从一种他已忘却的经验开始，又以一种他要亲自参与却无法理解的经验终结"。

有人会以此事作为茶余饭后的八卦，但我肯定，福斯特的秘密就像他笔下的故事，貌似是个人的尴尬事，其实是整个社会应当面对的惭愧事。社会的压力迫使福斯特守下第一个秘密，因为第一个秘密，福斯特又被迫守下更多的秘密，甚至习惯与秘密同活。如果你也有着同样的烦恼，请不要自责，我们可以忠于自己，同时快乐地保守我们的秘密，尤其在无可奈何之时。

奥尔德斯·赫胥黎

我们都知道所谓的"反乌托邦三部曲"，即奥威尔的《1984》、尤金·扎米亚金（Yevgeny Zamyatin，1884—1937）的《我们》和奥尔德斯·赫胥黎（Aldous Leonard Huxley，1894—1963）的《美丽新世界》。当中，奥威尔的《1984》是最多人知道的，扎米亚金的《我们》是最难阅读的，而奥尔德斯·赫胥黎的《美丽新世界》是我最喜欢的。

我喜欢《美丽新世界》，除了因为书中各种有趣的科技想象，如睡眠学习、心理操控等等，其实也不得不承认是因为我对奥尔德斯·赫胥黎本人感兴趣，他的人生故事有点古怪，带点吸引力。

奥尔德斯·赫胥黎出生于著名的英格兰"赫胥黎家族"，家族成员显赫，遍布科学、医学、文艺各领域。例如奥尔德斯·赫胥黎本人是著名作家，祖父托马斯·亨利·赫胥黎是有"达尔文的斗牛犬"之称的演化论生物学家，哥哥朱利安·赫胥黎是联合国教科文组织首任总干事，弟弟安德鲁·赫胥黎则是诺贝尔生理学或医学奖得主。

在如此卓越的家庭中长大，奥尔德斯·赫胥黎同样从小表现出众，在儿时于父亲的植物学实验室学习后，辗转进入了名校伊顿公学。然而，1911年，影响了他一生的重大事件发生：他患上了令他几乎失明的角膜炎。

这场严重的眼部感染，导致赫胥黎的角膜留下永久性的伤害，"短暂"失明了3年。乐观地看，这事让他免于走上第一次世界大战的前线，而从他个人的观点看，却是完全毁掉了他成为医生的梦想。后来，赫胥黎的视力逐渐恢复，进入牛津大学主修英国文学，并在1916年以一级荣誉毕业。

然而，视力问题从没有离开过赫胥黎的生活，并一直影响他的必须要大量阅读的作家事业。1939年，赫胥黎在一位老师的教导下，接触到声称可以改善视力的"贝茨方法"，更一试便灵，宣称这是他25年来第一次可以不靠眼镜且不感疲累地阅读。从此，赫胥黎成了"贝茨方法"最重要的背书人。

让我谈一谈这个"贝茨方法"。贝茨，即威廉·贝茨医生，乃美国医学界最著名的一位怪医。贝茨医生本是纽约市眼耳鼻喉科专家，他在1920年自费出版了一本书，名为《不用眼镜治疗视力缺陷》。据说，在书的首页，有一位到了67岁还是不用戴眼镜的牧师，以个人经历支持贝茨医生的"眼球调节理论"。

什么是"眼球调节理论"呢？贝茨医生认为，一个人可以控制对不同距离对象的注视而调节眼球，而眼球调节焦点与眼球的总长度有关云云。我没有完全明白贝茨医生的说法，反正他的说法不受当代解剖学的认同，但出身于生物学世家的赫胥黎，却深信不疑。

1942年，这位大名鼎鼎的作家奥尔德斯·赫胥黎，写下了一本畅销书，跟反乌托邦无关，也不是小说，而是一本现身说法的医疗工具书，书名为《目视的艺术》。赫胥黎结合了贝茨医生的说法，加入自己的构想，提出了匪夷所思的视力改善方法，包括玩杂耍、掷骰子，以及玩多米诺骨牌。

在《目视的艺术》里，最有趣（也是最多人耻笑）的改善视力方法，莫过于"鼻写法"。赫胥黎说，让我们合上眼睛，想象自己的鼻子伸长到 8 英寸，然后幻想鼻子成了一支铅笔，凭空签自己的名字。赫胥黎写道，"用鼻子写一会儿字，然后做几分钟手掌抚摩"能够有效改善视力，这让我想起老人家早晨在公园做的"甩手操"，这样的方法真的有效吗？

至少，这对奥尔德斯·赫胥黎有效。让我们暂且先放下现代医学的理性，也放下让我们觉得此说无稽的常识，赫胥黎所相信的《目视的艺术》理论的确支撑着他继续活用眼睛生活的动力。

"人生不受环境的支配，只受自己习惯思想的恐吓。"赫胥黎写道，"我要做的是叫我的愿望符合事实，而不是试图让事实与我的愿望调和。"与其说赫胥黎的视力改善法是医学，或是科学，倒不如说这令他可以对抗失明的恐惧，符合他渴望的一种信仰。

事情不必要是对或错

哈罗德·品特

　　根据基督教的说法，人类的原罪来自亚当与夏娃漠视了上帝的禁令，偷吃了"分别善恶树"的果子，而被逐出伊甸园。关于这个原罪故事的争论，例如全能的上帝为何要在伊甸园埋下人类必然会犯下的罪，我们暂且不谈，我有兴趣探讨的是：究竟，亚当与夏娃最大的罪过是什么呢？

　　小时候，我们都听老师或传道人说，亚当与夏娃犯的罪是犯禁的罪，因为他们没有遵守上帝的命令。这说法大概是信仰中的道理，但当我渐渐长大，忽然想到亚当与夏娃最大的罪过，其实可能是吃了"分别善恶树"的果子本身。我的意思是：当人们真的以为可以分别出善或恶、是或非，这才是我们最大的缺陷。毕竟世事总是如哈罗德·品特（Harold Pinter，1930—2008）所言："事情不必要是对或错，也可以是既对又错。"

哈罗德·品特是近代英国国宝级剧作家，并于2005 年获得诺贝尔文学奖，获奖理由是"他的戏剧发现了在日常废话掩盖下的惊心动魄之处，并强行打开了压抑者关闭的房间"。简言之，品特的剧作简约，却震撼，能够撼动人们自以为是的伪常识、假道学。

从《生日派对》到 1960 年的成名作《看门人》，再到《回乡》，品特的故事总是在荒诞的格局下展示角色令人费解的行为和选择，从而让人反思现实的不幸和可笑。加上后来渐渐形成的所谓"品特风格"（Pinteresque），令叙事手法变得多样而富有实验性，例如《风景》里反映夫妻感情危机以及各自孤独的"内心独白"，以及《归于尘土》里独特的"创伤叙事"等等，均有力地支持哈罗德·品特成为一代大师。

但哈罗德·品特其人及其作品又如何教育我们关于人生的课呢？

"现代戏剧的主要任务不是塑造人物，"哈罗德·品特写道，"剧作家没有权力深入剧中人物的内心深处，妄想诱导观众通过其塑造的人物的眼睛去观察外界事物，剧作家在剧中能够给予观众的，只是他自己对某一特定场景的外观和模式，以及随着剧情不断变化的事物的一种印象，还有他本人对这个奇妙的、变幻的戏剧世界的一种神秘感觉。"

以上这段引文本身就带了"品特风格"的神秘感。简单一点来说，哈罗德·品特放弃了创作人至高无上的诠释权，不再以剧作对世界应该怎样运作指指点点，而是让一切荒诞以剥洋葱的方式，展示于观众眼前。

踏入 70 年代，哈罗德·品特的事业有了一个转向，他加入了皇家国家剧院。从此，品特的剧作变得更加精简、更加锐利，并以批评强权压迫为主要命题。无论剧场内外，品特都显示出其明显的左翼立场，抨击一切侵犯人权、有违公义的社会事件。

品特的激烈立场，有人爱，有人恨，但无论别人爱或恨，他都坚持自己的立场，并以必然要让大家留意到的方式宣示。1985 年，品特跟随另一位美国大剧作家阿瑟·米勒（Arthur Asher Miller，1915—2005）访问土耳其。这次访问让品特亲身接触到许多受到政治压迫的受害者。

到了这次访问之旅的尾声，美国大使馆为了感谢远道而来的阿瑟·米勒，举行了一场致敬宴会。在场的品特无视宴会的气氛与主题，复述一位受害者的生殖器官遭受电击的场面，最后被"请离"现场。

究竟，品特的举动是对，还是错？正如他所说，事情"可以是既对又错"，错在没有礼貌，但对在价值判断。而更重要的是：当品特被迫离场之时，宴会的主角阿瑟·米勒与他一同离开，以示支持。可以肯定，这对朋友的结交是对的。

通过帮助你，也许可以提升一点生命的价值

E.B. 怀特

尝试过改善英语写作的人，都会知道一本书，叫《英文写作指南》(又名《风格的要素》)。顾名思义，此书指导大家写作的方法，提倡一种基本的写作风格，书中简单直接地提出了八个基本原则("简单直接"就是其中之一，又可说，本句补充便违反了基本原则)、十条创作规则，以及若干注意事项。

这本薄薄的书，由我大学时期的英语老师推荐，让我受用至今。而我后知后觉，多年以后，才意识到此书的第二作者，即 E.B. 怀特 (Elwyn Brooks White, 1899—1985)，正是著名童书《夏洛的网》的作者。

E.B. 怀特出生于 19 世纪最后一年的美国纽约，与 5 位兄姐一同成长。当大家写到这位近代名作家的生平时，往往会写道：E.B. 怀特自 1925 年，即他 20 多岁起，便为著名杂志《纽约客》撰稿，50 年来

几乎没有间断。然而在我看来，更严谨的写法应该是：作为《纽约客》的主要撰稿人，是 E.B. 怀特令这本于 1925 年创刊的杂志变成了权威。

怀特的儿童文学作品甚丰，《精灵鼠小弟》《夏洛的网》《吹小号的天鹅》，几乎本本经典。但在此之前，一位殿堂级文艺杂志的最早撰稿人，又是如何开始写儿童文学这非一般严肃文学的类型呢？这或许要从怀特的个性说起。

"作家是一个被神化的概念，书才是关键。"怀特曾经这样说道，而他也因此总是躲在书的背后，让自己的书与文字替自己说话。怀特不喜欢抛头露面，在纽约出生，却在成名后搬到缅因州的乡下地区，而他接待最多的就是家人。

家人，从来都是怀特至关重要的生活元素，他是 5 位兄姐的弟弟，而在他 20 岁时，每次家庭聚会便有多达 18 个后辈会叫他"叔叔"，当中有侄子、侄女、外甥、外甥女，而这位怀特叔叔总是负责给孩子们说故事。如果你有在大家庭成长的经验，你一定知道那位愿意说故事的长辈，从来都会是孩子们最喜爱亲近的对象，更何况怀特叔叔是一位作家。

怀特性格内敛谦卑，怕自己即兴之作未及水准，担心辜负了孩子们的期望，于是便在每次家庭聚会之前，甚至是平常日子，预先写好一些要说的故事，并将故事素材存放在一个抽屉里，以备不时之需。

后来，怀特的太太也在《纽约客》执笔写童书书评专栏，怀特闲时在家里读着每个月上百本寄来家中的童书，总觉得这些书读起来迂腐乏味，充斥着孩子们听不懂的所谓道理。后来，怀特收到了一封读者来信，建议他：何不自己动手写一本从儿童的视角出发，写给儿童的儿童故事呢？

这个念头种在了怀特心里，但这个故事的下一页是第二次世界大战。二战爆发，大大扰乱了怀特的思绪，而他亦在战争期间受到《纽约客》创办人的请求，与妻子回到纽约坐镇杂志社。

回到纽约的怀特，全程投入工作，但精神健康每况愈下。在那世界崩坏的时代，怀特深信自己的精神敌不过残酷的现实，他怀疑自己会精神崩溃，甚至就此发疯死掉。因此，怀特决定要为那个时代的孩子留下一点什么，也要给妻子与家庭留下一份保障，保障他们未来的生活，而身为作家的他，可以做的就是写作。

两个月后，怀特写成了《精灵鼠小弟》，时为1945 年。同年，大战结束。

"我们人人都曾有过纯真，只是长大后就丧失了。"怀特如是说。而他以《精灵鼠小弟》鼓励孩童保持这份纯真，甚至纯真地相信书中所说的人类母亲居然会生出一只老鼠，名叫"精灵鼠小弟"。

《精灵鼠小弟》大受欢迎，尤其是受到儿童的喜爱，而这份成功也使怀特的精神振作，助他走出了黑暗时期。这让我想到怀特写在《夏洛的网》中的一段话：

我为你结网，因为喜欢你。再说，生命到底是什么呢？我们出生，我们活上一阵子，死去。一只蜘蛛，一生只忙着捕捉、吃苍蝇是毫无意义的。通过帮助你，也许可以提升一点我生命的价值。谁都知道人活着该做一点有意义的事。

怀特写了一本书帮助大家。这本书，又回来帮助了他自己。

你从远处聆听我，我的声音却无法触及你

聂鲁达

你小时候跟我一样制作过叶脉书签吗？叶脉书签，是我儿时的开心大发现之一。先将树叶放在水里泡两天，使叶片腐烂，再用碱水慢煮，然后一边用牙刷轻轻戳打，一边用清水冲洗叶面，直至完整的叶脉展现，一张叶脉书签就大功告成。

我这样介绍起来，说得像一个叶脉书签专家，事实上，以上提到的步骤全由母亲代劳。无论如何，我喜欢叶脉书签，也曾经收存不少。然后有一天，我忽然想到叶脉可以留下来，是因为它比叶肉坚韧，叶脉平时不易察觉，却在破烂中留了下来。这让我想起智利诗人聂鲁达（Pablo Neruda，1904—1973）的一句诗："当华美的叶片落尽，生命的脉络历历可见。"

聂鲁达在智利中部的一个小镇出生，父亲是铁

路工人，生母是一名小学教师，在聂鲁达出生后不久便因肺病去世。后来，父亲续弦，继母倒与聂鲁达相处融洽。聂鲁达就在这样一个劳工阶层的家庭长大，10岁那年，他开始写诗，67岁那年，获得诺贝尔文学奖。

在聂鲁达的文学人生里，有两个至关重要的人。一位是他的启蒙老师，诗人加夫列拉·米斯特拉尔（Gabriela Mistral，1889—1957）；另一位是同辈的西班牙天才诗人洛尔迦（Federico García Lorca，1898—1936）。而聂鲁达与洛尔迦的故事，有血有泪，实实在在让"生命的脉络历历可见"。

1933年10月13日的晚上，29岁的聂鲁达遇上了35岁的洛尔迦。当日，洛尔迦来到布宜诺斯艾利斯，出席他的戏剧《血的婚礼》于阿根廷的第一次公演，并在晚上参加了一场于一位阿根廷作家家中办的宴会。在此，聂鲁达在朋友的介绍下认识了洛尔迦，而他们尚未知道彼此将是一辈子的挚友。

聂鲁达与洛尔迦的投契，可能源于他们都有一位反对自己作诗，又值得尊重的为他们供书教学的父亲（话说，"聂鲁达"这名字正是他为了避开父亲的耳目而改的笔名，来自聂鲁达仰慕的一位捷克诗人的姓氏）；也可能源自他俩各自孤僻的性格；但最有可能的，应该是他们对于诗的美学之一致。

在洛尔迦的诗集《吉卜赛谣曲集》中，我们会读到"献给我亲爱的巴勃罗，我有幸爱上并了解的最伟大诗人之一"。巴勃罗是谁？当然，正是巴勃罗·聂鲁达；而聂鲁达对洛尔迦诗作的热爱，同样是街知巷闻，也造就了不少趣事。例如聂鲁达总是要在洛尔迦面前朗诵洛尔迦的诗句，喋喋不休，直至洛尔迦忍不住喊停，方可罢休。

还有一次，时为 1933 年 10 月 28 日，聂鲁达与洛尔迦一同出席在布宜诺斯艾利斯举行的一场笔会，那场聚会旨在表彰尼加拉瓜现代主义诗人鲁文·达里奥（Rubén Darío，1867—1916）。在会上，聂鲁达与洛尔迦的读诗表演，震惊现场，他们一同站立，并以"斗牛勇士与公牛对峙"之状，轮流朗读诗句，成为文坛一时佳话。

一年之后，聂鲁达与洛尔迦迎来了他们一次纸笔上的合作：聂鲁达作诗，洛尔迦作画。洛尔迦为聂鲁达的诗作画了 10 幅钢笔画，并制作成手工作品。作品收录的其中一首诗是《唯有死亡》："死亡靠近响声／像无脚的鞋，像无声的衣裳／它敲门的指环不镶宝石，也没有手指／它呼喊却无口无舌无喉／然而它的脚步发出声音／它的衣裳发出声音，像哑的树／我不知道，我不认识，我几乎看不见。"那时，聂鲁达没有想到，诗作居然一语成谶，预示了自己看不见挚友洛尔迦的死亡。

洛尔迦的死是非自然的。1936 年，西班牙内战爆发。洛尔迦前往支持第二共和国的民主政府，反对法西斯主义叛军，最终被弗朗哥的军队残忍杀害，洛尔迦的尸体被草草地弃置在一个废弃的墓穴中。

面对挚友的死亡，聂鲁达怎么办呢？

这是聂鲁达生命的转折点。从此，他不再只是一位诗人，更是投身政治的活跃分子。他以余下的一生续写朋友的生命，他投身民主运动，他协助大量西班牙移民前往智利，他以诗作鼓励对抗法西斯的军队。他，成了洛尔迦口中"那些热爱和享有自由的人们"。

"你从远处聆听我，我的声音却无法触及你。"聂鲁达如此写道。或许，没有洛尔迦的死亡，没有这样的残酷，便成就不了日后的聂鲁达；又或者，洛尔迦早已活在聂鲁达的生命里，成了聂鲁达生命的脉络，像书签上的叶脉，怎样冲洗也冲不走、冲不掉。

当我们获得安宁时，我们就会恨它

约翰·斯坦贝克

愤怒是人性。没有愤怒，俄狄浦斯不会亲手杀害自己的生父，一辈子背负弑父之名。没有愤怒，李尔王便不会贸然取消科迪莉亚的继承权，也就没有之后的悲剧了。因此，我们时常听到一句，说愤怒起于愚昧，终于失败与悔恨。

但我们不得不知，当愤怒来自对真理的追求时，愤怒是合乎公义的。正如亚里士多德对"愤怒"的定义，愤怒是"我们在乎的事物或人受到伤害而产生的一种反应，而且我们相信这种伤害是错误的"。在此，我们要明白愤怒的缘起以及表达愤怒的方法，并可请教美国作家约翰·斯坦贝克（John Steinbeck，1902—1968），其人及其作品。

约翰·斯坦贝克是近代美国小说家，更是 1962 年的诺贝尔文学奖得主，而他最著名的两部作品均与愤怒有关，即《人鼠之间》与《愤怒的葡萄》。

《人鼠之间》本是一部短篇小说，后多次被改编成舞台剧演出。故事背景是 20 世纪 30 年代经历了经济大萧条的美国，讲述两个生活困乏的农场工人——一位是聪明的弥尔顿，另一位是笨拙的斯默——相依为命，又带着梦想穿越加州到达他们的目的地。他们拼搏、努力、求生，最终却在一个意外接着另一个意外的命运驱使下，迈向悲剧的结局：弥尔顿为了避免斯默遭受凌辱，唯有亲手了结朋友的生命。

有人说《人鼠之间》是一部探讨友谊的小说，我不反对，但我更认为，《人鼠之间》之所以扣人心弦，在于那股迫使弥尔顿杀死斯默的无力感，更在于那股视人命与鼠命无异的时代压迫感。面对如此的无力与压迫，读者要么呕吐，要么愤怒，而斯坦贝克两年后写就的另一部作品《愤怒的葡萄》，更会使人愤怒至呕吐。

《愤怒的葡萄》同样以美国经济大萧条为背景，同样是书写农民的苦况，但行文更具历史观，且充满了对当时状况的批判。故事讲述从监狱假释回家的主角，见到家乡因为沙尘暴而造成的满目疮痍，便陪伴家人离乡背井去加州寻找机会，却发现这个想象中的乐土，充满剥削、暴力、险恶，于是主角决定将愤怒化成行动，起而反抗。《愤怒的葡萄》也就这样被誉为一部关于失地农民流离失所的"愤怒小说"。

然而，约翰·斯坦贝克之所以可以写出如此有血有肉的愤怒小说，是因为他以自身经历感受过这种愤怒——由不公与无力带来的愤怒。

童年时的斯坦贝克与家人住在离太平洋海岸约40公里的小山谷，享受田园风光。每逢夏天，斯坦贝克便会到附近的牧场和农场，与那里的移民劳工聊天，听到了不少低下阶层的无奈苦况。这些经验成了日后《人鼠之间》的主要素材，也埋下了他要为无产农民发声的种子。

自小喜欢亲力亲为的斯坦贝克确定要写《愤怒的葡萄》后，便于 1937 年的秋天跟随一支上万人的农民队伍，穿州过省亲历他们的苦难生活，亲身体验贫穷阶级的辛酸。在此，斯坦贝克强烈感受到这群柔软、易破的"葡萄"，如何被无情的社会压榨、剥削，从而有足够的资格成为"愤怒的葡萄"。

斯坦贝克在《愤怒的葡萄》中表达的，不仅是愤怒，还有寻求公义的决心。他写道："倘若我们还未能取得伟大的胜利就逃离战场，那我们将成为懦夫和愚人。"《愤怒的葡萄》正是他打开这战场大门的钥匙。当时，《愤怒的葡萄》火速激起民愤，一度成为禁书，但最终还是迫使国会立法资助农民。

于是，我们又明白：出于公义的愤怒是可敬的，也是可有所成的。然后，我又想起斯坦贝克的提醒，他说"我们花时间来寻求安宁，但是当我们获得它时，我们就会恨它"。也就是说：当我们不再愤怒时，请当心，那令我们曾经愤怒的战场还在吗？如果在的话，请不要安宁，请继续愤怒。

最美好的童话总是悲伤的

宫泽贤治

在电子游戏世界里，"角色扮演"电玩游戏一度流行。例如，玩者是主角，照着故事发展，在每个关口回答一个问题：在食堂时，游戏会问你想吃牛肉饭、热狗，还是咖喱饭；遇到朋友 A，游戏会问你想跟他聊天，还是打篮球。游戏故事会根据你的答案，发展余下的故事，直至下一个问题。

近来，有网络电视台以这种模式拍摄电视剧集。观众可以在重要的关口，做出个人选择，决定故事发展，最终到达不同的结局。想起角色扮演的电玩游戏，又看着这些旧瓶装新酒的电视剧，我想：人生本来就是一段要不断选择"正确答案"的过程，何必再以此为娱乐呢？又想：什么才是"正确答案"呢？

这让我想起日本昭和时代诗人宫泽贤治（Kenji Miyazawa，1896—1933）的一篇童话故事，题为

《橡子与山猫》。话说，有一天，主角收到了山猫寄来的明信片，邀请他到森林里做一次裁判。主角兴高采烈，步入森林，沿途遇上不同的动物，并且显露出山猫找上主角的原因：他很会回答问题。

原来，这几天，一班橡子一直在争论谁是最伟大的，而山猫做了多次裁判，也没有令大家信服。有的说"不管怎样说，尖头的橡子最伟大，而我的头是其中最尖的"；有的说"不对不对。圆头的橡子才伟大，头最圆的就是在下我"；又有的说"没那回事。大小才重要。大橡子最了不起。我是其中最大的橡子"。

山猫无计可施，于是求教主角。果然，主角心生一计，对山猫说："你就这么告诉它们好了。它们当中谁最笨、最胡搅蛮缠、最糟糕，谁就是最伟大的。"

山猫依计行事，如此裁决，橡子居然真的没有再争论下去。为表谢意，山猫便问主角，想要"黄金橡子一升，还是盐渍鲑鱼头"作为谢礼呢？主角说"我喜欢黄金橡子"（他自以为聪明，既取黄金，又不夺山猫所好），且看见山猫听到答案不是鲑鱼头，"好像松了一口气"。

随着主角越来越接近家门，"橡子的光芒渐渐变淡，没多久，待马车停下时，它们已经变成原有的褐色"。再想，山猫的那一声叹息，真的代表主角选对了答案吗？或许，作者宫泽贤治自己的人生，可以给我们解答这问题的一些提示。

宫泽贤治一生的关键词是"土地"。1896 年，宫泽贤治于日本岩手县出生，而就在他出生前的两个月，日本经历了极具破坏力的"明治三陆地震"。这次地震属于海沟型地震，造成破坏力惊人的海啸，摧毁了超过 9 000 幢房屋，导致超过 2 万人罹难、2 万人失踪，而震中正位于在岩手县东面约 200 公里的海域。

在断壁残垣中，宫泽贤治出生，并与这片土地的伤痛一起成长。长大后，宫泽贤治决定投入研究土地的事业，并以第一名的成绩考进盛冈高等农林学校（现在的岩手大学），研究地质结构。同时，宫泽贤治也开始写作离不开土地、山林、林中动物的诗作与童话故事。

毕业后，宫泽贤治赴农村任教，创办农民协

会，为农民生计与改善土地质量而奔波。他一边身体力行地进行农业指导，一边笔耕不辍，以文字书写土地的美好与浪漫。在此，宫泽贤治教导了我们怎样一次有关"正确答案"的生命课呢？

"在这个不美好的世上，最美好的童话总是悲伤的。"宫泽贤治写道，"它们都是用饱受自我牺牲的崇高与被孤独折磨的灵魂写成的，满溢着无边的悲哀感，透明而凄美，原原本本地呈现出生命本身的重量。"

在土地带来破坏的灾后世界成长，宫泽贤治做出的生命响应，是去了解土地的本性。他知道无法左右土地突如其来的残酷，却决定要从土地赚回更多的成果。这不是一种功利的计算，而是一种有生命力的诗意。

1933 年，日本发生昭和三陆地震。宫泽贤治疲于奔命，因工作过劳而染上的急性肺炎渐渐恶化。在 9 月的一次约一小时的有关肥料问题的农民会议后，宫泽贤治病倒了。隔日，他吐血，与世长辞，享年 37 岁。

在地震年出生，在地震年逝去，宫泽贤治以短促的人生，揭示何谓"正确答案"。他写道："究竟什么是真正的幸福，世上无人知晓。但只要朝着正确的道路坚持走下去，不管途中遇到怎样艰难痛苦的事，攀登高山也好，爬下陡坡也罢，都能一步步地靠近幸福。"

如果不能为人包扎绷带，就不要触碰别人的伤口

三浦绫子

有一类文学作品，读起来给人安慰，叫人见到世界的希望。也有一类作品，阅读起来叫人难受，难受于它触碰了人的深层厌恶。你因为作者的文字与故事而继续读下去，在这个曲折、那个段落过后，你期待事情会出现转机，却一次又一次失落。最后，希望没有来临，作品赤裸裸地揭露了人的黑暗。三浦绫子（Ayako Miura，1922—1999）于1964年发表的作品《冰点》就属于这一类。

《冰点》的故事发生在北海道旭川市，讲述一对模范夫妻，丈夫启造是完美的暖男型人物，身为医院院长，是一位温文尔雅、爱人如己的绅士，与妻子夏枝育有一个女儿。他们平静美好的生活，却因为一连串的"事件"而破碎，先是丈夫发现妻子有外遇，继而是女儿不幸遇害身亡。丈夫启造的人

生温度，正式降到冰点。

启造知道，他的人生不再可能有阳光，而他要报复。启造明察暗访，得知杀害自己女儿的凶手也有一个女儿，于是他领养了这个女孩，并给她取名"阳子"。最终，阳子可以为这个冰封了的家带来温暖吗？当然没有，这才是更多纠缠不清的不幸之始。

但不幸的故事，不是要读者读后自觉不幸，而是教人如何面对不幸。三浦绫子怎样以《冰点》启发我们，不要让自己停留在人生的冰点呢？答案就是她书写的《冰点》本身。

三浦绫子曾经引用古希腊诗人米南德的一句话，写道："人在生活中遇到不幸，没有什么能比一门技艺给人更好的安慰，因为当他一心钻研那门技艺时，船已不知不觉越过了重重危机。"而三浦绫子面对的"重重危机"就是她的健康。

三浦绫子本是一名意志坚强的独立女性。她受过高等教育，并从 1939 年起，在一所小学任教 7 年之久，最终却因为不满充斥军国主义的教材而愤然离职。但天意弄人，越坚强的人，仿佛越容易受到命运的挑战。命运驱使病魔纠缠三浦绫子的人生，要她长期与之搏斗。

三浦绫子曾经患上肺结核，亦受过慢性骨炎、带状疱疹、紫斑症等病症之苦。当时，肺结核是不治之症。三浦绫子在北海道天寒地冻的疗养院长卧病榻，面对死亡来临的无力感。

在无力与绝望到达极限之际，三浦绫子企图于鄂霍次克海自杀，却因为一群热心的基督徒靠近而"获救"。三浦绫子曾经写过一句我认为要时刻谨记、警惕的句子："如果不能为人包扎绷带，就不要触碰别人的伤口。"但是，如果那伤口是自己的呢？

三浦绫子自杀未遂，却在绝望的尽头遇上了写作，以写作包扎自己的伤口。写作与病魔，成了三浦绫子的人生关键词。39 岁时，她才首次投稿给《主妇之友》杂志，其后以《冰点》成名。《冰点》谈不上是自传式小说，但当中不乏三浦绫子患病时的场景与心态。在其中一个段落，三浦绫子写道，人生不能缺少的"是信念，但绝非信奉一种宗教那么简单；是祈祷，但不全然为自己的好处；是教育，但绝非追求好成绩和进名校；是生活，是爱情，是与他人的关系，是追求幸福的权利"。

"追求幸福的权利"是面对绝望的良方。三浦绫子卧病在床十余年，最终与在病榻旁陪伴了她整整5年的三浦光世结婚。疾病，阻止不了人们追求幸福，而其他叫人无力的恶事，亦然。

　　写作，是三浦绫子包扎伤口的绷带，也是她触碰伤口的温柔方法。晚年的三浦绫子，没有间断地一直写作，直至患上直肠癌、帕金森症，她亦没有停笔。1999年，三浦绫子因多重器官衰竭，于《冰点》的发生地北海道旭川市立医院病逝，享年77岁，而她一生出版了近80本著作。

为了熬好这锅
稀奇古怪的热汤

歌德

如果我们去对命理师做一个问卷调查：人们跟他们诉说得最多的烦恼是什么呢？我怀疑，答案不出三个：健康、事业、爱情。前两者都关系到生存的问题，唯独爱情，是完全精神性的，是人类发明出来的烦恼。

自从人类文明步入浪漫主义的阶段，人与人的结合再不是出于盲婚哑嫁，而是两情相悦的爱情。从此，人类除了物质性的生存烦恼，也多了精神性的爱情问题：有人相恋而没办法走到一起，有人苦恋不值得爱上的人，有人暗恋不爱自己的人，就像德国作家歌德（Johann Wolfgang von Goethe，1749—1832）。

1774 年，还在从事法律工作的歌德，因公务而到了韦茨拉尔。在一场舞会中，歌德认识了一名 15 岁的少女，名为夏绿蒂。歌德对夏绿蒂一见倾心，可惜，夏绿蒂早已是凯斯特纳的未婚妻。凯斯特纳比夏绿蒂年长 20 岁，是 5 个小孩的父亲，更是歌德的朋友。

尽管事实如此，歌德还是本着真诚的爱，不顾一切地向夏绿蒂表白了。一个 15 岁的少女，面对未婚夫的朋友的表白，她会怎样呢？夏绿蒂惊惶失措，于是将歌德的告白告诉了未婚夫凯斯特纳。

因此，歌德没有得到爱情，又失去了友情。他逃回法兰克福，逃到他内心的失望与厌世之中，并且一度产生自杀的念头。此时，发生了另一件事：歌德的另一位朋友耶路撒冷真的自杀了，因为他爱上了别人的妻子，而受不了社会的指责。这一事件的悲剧性更在于，据说，耶路撒冷用来自杀的枪是凯斯特纳借给他的。

在此，歌德将自己对夏绿蒂的倾心，以及耶路撒冷的自杀联结起来，写成了他的第一本经典作品《少年维特的烦恼》。少年维特的烦恼，是歌德的烦恼，也是耶路撒冷的烦恼。少年维特的烦恼，是爱情的烦恼，也是社会的烦恼。

从古到今，社会容不下脱离规范的爱情，因此我们明白，少年维特的烦恼不会只是少年人的烦恼，更是一代一代人的烦恼。只是在某时某刻，这烦恼刚好掉入了歌德的生命，却没有阻挡他的创造力。毕竟，烦恼与创意，是一对活宝贝，而它们的照顾者，叫时间。

1797 年，中年的歌德开始撰写名著《浮士德》。

今时今日，当人们说起《浮士德》的故事，主要会谈到那位博学多才的浮士德与魔鬼梅菲斯特的打赌，以及探讨剧作开篇上帝与魔鬼的争辩：人是善是恶？究竟，人于世上是进步，还是沉沦呢？

但不得不说，这只是《浮士德》第一部的故事，而在第一部发表了约 20 年之后，歌德着手写了《浮士德》的续篇，重点从对浮士德个人的心理描述，推广到对社会与历史的反思，而故事则从浮士德吃了善忘药（浮士德忘记了第一部的经历与悲剧收场）重新出发。

在他过世前的一年，歌德终于将《浮士德第二部》写好，但拒绝发表，并用绳子把书稿绑起来，盖上自己的印章，然后存放起来。最后，《浮士德第二部》在歌德死后的 1832 年才正式出版。

为什么歌德迟迟不发表第二部呢？据记载，歌德是这样说的："我们的现实生活是如此荒诞，无法理解。我早就相信，为了熬好这锅稀奇古怪的热汤，而付出这么虔诚而长久的劳动，其结果是不好的，无人问津的。"

不过，事实是《浮士德》两部曲"这锅稀奇古怪的热汤"不单不是无人问津，而且是德国文学，乃至欧洲文学史上永不褪色的经典。这让我想起《浮士德》一段著名的独白："有两种精神居住在我的心胸，一个要想同另一个分离！一个沉溺在迷离的爱欲之中，执拗地固执着这个尘世，另一个猛烈地要离去凡尘，向那崇高的灵的境界飞驰。"

每一次想起这句"一个要想同另一个分离"，我都会想起于玻璃锅中煮的花生汤，花生一粒一粒在锅里滚，花生与花生相撞，花生与花生衣分离，滚啊滚，水慢慢变成了汤。

在我看来，所有的汤，在未煮好之前，都是稀奇古怪的渗湿了材料的一锅水，直至煮好，热汤才成了事，才有了味道。妈妈教导说：煮老火汤的秘诀无他，就是耐性，加上时间。我们在说汤，也在说生命。你在怀疑自己吗？不要担心，因为连歌德也怀疑过。

推动我们一切行动的东西

米兰·昆德拉

根据法兰克福学派的"文化工业"理论，资本主义文化生产的其中一个恶果是造成"文化商品的恋物狂"。换言之，文化消费者买入的是商品本身，而不是文化的内容。再换一个大家听得明白的实例来说：你的书架上有多少本未读的书呢？你是买书，还是买书的内容呢？

在文艺青年的书架上，最可疑的必买而未读之书，我想，首推米兰·昆德拉（Milan Kundera，1929—）的《不能承受的生命之轻》。

尽管小说以尼采的"永恒轮回"为起点，叙事更穿插了不少哲学讨论，但其实《不能承受的生命之轻》的故事本身并不难读。情节讲述一名情场浪子——捷克医生托马斯，如何矛盾地纠缠于两名女子之间，体验爱情的重与轻。一方面是至死不渝的承诺，另一方面是炽热的自由轻狂。

《不能承受的生命之轻》的发展正如书中的一句话，"推动我们一切行动的东西，总是不让我们明白其意义何在"，随着"布拉格之春"的发生，苏联军队进占布拉格，推动、打扰、迫使故事里所有人不由自主地行动，迈向各自寻找意义的过程。

故事仿佛告诉我们：有时，我们未必能够抵挡残酷世界的到来，甚至不能理解残酷世界形成的原因，但我们要知道，无论世界多残酷，还是会有推动我们向前行进的力量，无论这力量是正，还是邪。这种迫使人们前进的他力，可见于每个人的生命，包括米兰·昆德拉本人。

米兰·昆德拉于捷克（当时为捷克斯洛伐克）的布尔诺出生，父亲为钢琴家，也是音乐艺术学院的教授。昆德拉在家庭的熏陶下，童年时接触音乐，少年时阅读大量文学作品，青年时开始写诗、画画，以至接触电影。从不折不扣的文艺青年，渐渐成为一名作家，却在 30 多岁的壮年，经历了撼动他生命的历史大事，即"布拉格之春"。

1968 年 1 月 5 日，一场政治民主化运动在捷克斯洛伐克发生。当时，捷克共产党第一书记杜布切克（Alexander Dubcek）提出政治改革，以"人道社会主义"之名支持改革派，企图抛弃斯大林式统治，并削弱传统斯大林主义者的力量。这场涉及民众的政治社会改革运动，吸引了米兰·昆德拉的参与。

然而，8月20日深夜，这场"布拉格之春"，终于以华沙公约组织20万军队，以及5 000架坦克武装占领捷克斯洛伐克而宣告落幕。在这大时代的转折中，昆德拉的生命也被迫转换了轨道。一夜之间，昆德拉被打为"异见分子作家"，作品因为讽刺共产主义政权而被禁，其共产党员党籍被开除，连同其大学职位也被夺去。在难民逃难潮之中，昆德拉与妻子辗转到了法国，在异地被剥夺捷克斯洛伐克公民身份，但仍以异国文字持续书写祖国。

在《不能承受的生命之轻》里，昆德拉写道："如果我们生命的每一秒钟都有无数次的重复，我们就会像耶稣钉于十字架，被钉死在永恒上。这个前景是可怕的。在那永恒轮回的世界里，无法承受的责任重荷，沉沉压着我们的每一个行动，这就是尼采说永恒轮回观是最沉重的负担的原因吧。"

在此，昆德拉教导了我们什么？这是有关"行动"的一课。在永恒轮回的宿命里，人们永恒回归到每一个转折之中，历史推动着我们行动，而我们就这样被动地实践我们可以有的主动。

　　那么，我们何以弄清楚我们的行动是被动的，还是主动的呢？或许，这真不是重点，重点是：我们持续行动。

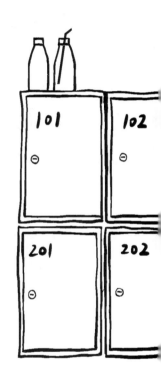

第 三 章

牛奶箱

答案是什么呢？

格特鲁德·斯泰因

你读过最难读的书是哪一本呢？

这个问题，可能是一个伪问题，因为最难读的书，往往是我们不敢打开，甚至不会买来收藏的书，所以最难读的书，或许就是没有读过的书。若暂且抛开这些文字游戏，现代文学史上有几本书是以"难读"著称的，例如乔伊斯的意识流小说《尤利西斯》、普鲁斯特七卷本的《追忆似水年华》云云。

然而，若要我选一本最难读的现代主义书，我还是首选格特鲁德·斯泰因（Gertrude Stein，1874—1946）的《美国人的形成》，一本写了近10年的900多页重磅书，里面的字密密麻麻，要处理的问题极度复杂，而行文却迂回曲折，叫人读来有生理上的呕吐感。

你或许会说，"但我不知道谁是格特鲁德·斯泰因"。那么，你至少会知道作家舍伍德·安德森（Sherwood Anderson，1876—1941）、海明威、菲茨杰拉德（Scott Fitzgerald，1896—1940），或艺术家毕加索（Pablo Picasso，1881—1973）、马蒂斯（Henri Matisse，1869—1954），又或以上其中之一吧？

这些大名鼎鼎的创作人，在成名的过程中或多或少都受过斯泰因亲自的指导和启发。斯泰因是最早赏识及收藏毕加索作品的人，而海明威更是像伴读书童一般待在斯泰因左右，直至成名。有人说，没有格特鲁德·斯泰因，就没有海明威，这一点我不太确定，但我可以确定的是斯泰因本人是这样想的。

格特鲁德·斯泰因是第一个真正鼓励海明威成为作家的人。当时，年轻的海明威还在报社工作，日子过得不怎么样，但也不怎么差，不算富有，但也存了一点钱。有一天，当海明威陪伴斯泰因散步时，斯泰因便催促他说：如果你的钱足以维生，你应该辞去报社的工作，全心全意当一名作家，否则"你将永远看不到周遭的事物，只会看到文字"。无论海明威承认与否，这句提醒确实反映在海明威之后的发展及其作品之中。

巴黎花街二十七号的寓所，是当时格特鲁德·斯泰因与恋人托克拉斯（Alice B. Toklas）的住所，更是 20 世纪初文艺精英荟萃的中心，出入的都是风格先进的文人雅士。他们在此风花雪月，也互相评论对方的作品，更难得的是得到斯泰因的指点。这一切令"花街二十七号"成了现代主义的摇篮。

作为现代主义教母，格特鲁德·斯泰因与一众文人相处的事迹还有很多，但我在此想说的，是在她的 72 岁，即 1946 那年的事。

那年，斯泰因确诊患上胃癌，医生决定给她进行救命的手术。在进入手术室前的准备时刻，跟斯泰因一起生活了 40 年的伴侣托克拉斯陪伴着她。当时，斯泰因已经进入半昏迷状态，而托克拉斯则保持着一贯站在强人旁边的坚毅与冷静。在快要被推入手术室的时候，迷迷糊糊的斯泰因突然醒了，睁开眼睛，她问托克拉斯："答案是什么？"

突如其来又没头没脑的一问：答案是什么？

若你是托克拉斯，你会怎样应答呢？作为陪在现代主义教母身旁 40 年的人物，托克拉斯当然有她个人的智慧，但在那时那刻，托克拉斯还是答不出任何一个字。她脑海里或许闪过了 1907 年 9 月在巴黎第一次遇见斯泰因的景象，但在现实中，托克拉斯唯一的反应就是沉默，沉默地望着她病倒了的爱人。

于是，斯泰因自问自答地说道："既然没有答案，那问题是什么呢？"

这个问题，成了格特鲁德·斯泰因留于人世的最后一句话。这是一个问题，也是一个答案，是她面对死亡的提问，也是她给自己的答案，更是现代主义给我们的启示：在这个找不到本质与根源的现代世界，我们不但不再容易找到解答人生问题的答案，有时，更是连想问的问题，也弄不清楚。

斯泰因提醒我们，在寻找答案之前，我们更需要搞清楚要问的问题。有一天，当你真的鼓起勇气开卷读她的《美国人的形成》之时，你也要记得阅读此书之道：不要强求明了的答案，哪怕读得一头雾水，至少你会得到满脑子有意义的问题与问号。同样的道理，也适用于我们正在行走的人生路上。

迟早，人人都会走路

布洛克

最近，我遇到了一件令我有点进退两难的事，而为了保护所有牵涉的人士，容许我将自身的经历做一点改编。话说，有一个单位打算举办一个主题讲座，并且邀请我作为讲者之一。主题很严肃，内容也很广，我自问没有足够底气担当此重任，再三婉拒，并推荐了另一位前辈朋友给主办单位。

主办单位多番与我商量，过程诚恳、礼貌，而我们最后的结论是：如果他们能够请到那位前辈朋友主讲，那我就敬陪末座，当一个伴读小书童。主办单位也同意我这个想法。

一个月过去，主办单位继续与我跟进讲座内容，准备宣传文案，一切按基本程序进行，直至有一天，我收到他们的电邮："我们非常抱歉，还是没有办法请到某某出席（以下省略数百字），见谅。最后，烦请确认宣传文案内容。"换言之，他们取消了我的出席条件（只有当他们邀请到那位前辈，我才答应出席），却要我体谅他们。

但要真心诚意地体谅，多难呢！如果要学会体谅，或许可以参考一下我的偶像作家布洛克（Lawrence Block，1938— ）的故事。

布洛克是当代最著名的推理小说作家之一，曾经获得5届"爱伦·坡奖"，更在1994年获得"爱伦·坡奖终身大师奖"，并创造了名侦探马修·斯卡德。这位马修·斯卡德，有别于其他端庄的侦探小说主角，他是一名酗酒、离婚、曾经意外杀人的无牌私家侦探，性格充满缺陷，但读者就是喜欢这名有血有肉的主角。

马修·斯卡德不像日本动画里20年如一日的顽皮小孩，他跟作者与读者一起长大，一起变老。从1976年的《父之罪》到（相信是）最后一本的《聚散有时》（2019），马修·斯卡德从一个看似四处乱闯的侦探，"去问各式各样的问题，包括蠢问题"，30年过后，渐渐变成一名意志不再那么薄弱的退休老人。

在这系列作品（尤其早期）中，马修·斯卡德不难被收买，几乎哪档人家给他的钱，他都会收下，但转个头他又会到教堂做什一奉献（《圣经》教导基督徒要将收入的十分之一奉献给教会），而他花了很长时间去释怀的是，他曾经于枪战中杀死一名小女孩的事。

于是，我开始明白，相比于体谅别人，要体谅自己的错，可能更难。当然，如果事情是鸡毛蒜皮的小错误，那么体谅自己会比体谅别人容易。但如果事情错到连自己的私心都不能包庇自己时，我们不需要别人的体谅，因为连我们都没办法原谅自己。

布洛克曾经写道："有些人学会得早，有些人学会得晚；有些人摔倒过很多次，有些人很少摔倒；但迟早，人人都会走路。没有人灰心丧气，没有人提早放弃，每个人都在按部就班地学习。而且，没有奖励的诱惑，也没有惩罚的威胁；没有对天堂的憧憬，也没有对地狱的恐惧；没有糖果，也没有棍棒。摔倒，起来，摔倒，起来，摔倒，起来——然后开始走路。"如果我可以在此加一个狗尾续貂的脚注，那就是：我们摔倒得越多，也就越能够体谅别人的摔倒，更能体会这段话的道理。

　　关于体谅，布洛克有一次这样的经历，记录在《形与色的故事》的编者序中。他说，《形与色的故事》原本预计有 18 篇故事，但作者克雷格·费格森虽然选定了毕加索的画为创作主题，却迟迟未能交稿。最后，费格森因为工作与行程等的新安排，无法如约完稿，"所以他就只能再三跟我们道歉了。他说，希望我（布洛克）能体谅他"。

　　布洛克写道："我完全可以体谅。因为我发现我自己也没办法按时交稿。"

　　布洛克的回复，实在太完美。我们或许都会因为礼貌而声称体谅他人，但如果那件事，真的如此容易叫人体谅，那么一开始，我们就没有所谓的要请人家体谅的必要了。其实，我们真的很难真正体谅别人犯下的错误和愚蠢，除非我们也犯了同样的错误和愚蠢。

　　体谅，有体会，有谅解；先有自身体会，才能学会谅解他人。

　　因此，我终于想到了如何回复文首提及的那封电邮，我会说："我完全可以体谅。因为我也没有办法出席，见谅。"

好吧好吧，我承认，我做不了这样的回复！所以，我才在这里写下，让心理平衡一下。在这残酷的世界，我们除了要学会驾驭体谅而不失霸气，也要学会幽自己一默。

没有任何东西转瞬即逝

菲利普·罗斯

人类最不能回避的残酷，大概是生命的终结，即死亡。逻辑上，我们都没有办法从自己的死亡中学习面对死亡，也没有经历过死亡的人，可以跟我们分享什么是死亡。因此，死亡的未知，很可怕，可怕得令人类文明发展出历史悠久的死亡哲学以及文学，为了想象出可以面对死亡的方法。

面对死亡时，"可以变老"应该是一种福气，而当人们因为变老而失望、伤心，那是因为他们想念有活力的生命。这样的想法称不上矛盾，但作为面对死亡的思考练习却是必要的，而我对于年老与死亡的思考练习，其中一项就是阅读菲利普·罗斯的小说。

菲利普·罗斯是美国当代作家，一生出版了约30部作品，自20世纪50年代开始写作，到2006

年的创作高峰期，几乎以一年出版一本的速度创作。到了 2012 年，却突然封笔，宣布"我不想继续写作了。我把一生都献给了小说，读小说，写小说，教小说。我已经将拥有的天赋发挥到了极致"。

罗斯的封笔，有人失落，有人拍掌。失落的，当然是他的忠实读者，毕竟罗斯的小说几乎本本都是获奖级别；拍掌的，则是他的批判者，当中不少是女权主义者，他们往往认为罗斯的小说充斥厌女情结。无论如何，罗斯的封笔证实了他自己写于《人性的污秽》的一句话："没有任何东西得以恒久存在。"大约在封笔 5 年之后，罗斯离世，享年 85 岁。

罗斯在新泽西纽瓦克一个典型的美国犹太移民家庭长大，但他几乎从不以犹太人自居，成年后也再没有踏入犹太教堂半步，而他早期的小说亦以讽刺犹太人的伪善与情感冲突著称。例如在第一本短篇小说集《再见，哥伦布》中，便有一则故事讲到二战期间的犹太士兵如何以宗教之名，与军官较劲，争取满足自己利益的特权。有人说，放弃了犹太教的犹太人，不再是犹太人，而放弃了犹太信仰的罗斯，则失去了面对年老与死亡恐惧的信仰安慰剂。

50 岁以后的罗斯，身体状况转差，经常出入医院，令他无法回避衰老与死亡的命题。事实上，自他 40 多岁的作品开始，"疾病、衰老、死亡"就成了罗斯小说的关键词。这些作品包括"教授三部曲"（《乳房》《欲望教授》与《垂死的肉身》），以及千禧年后作品，如《凡人》《愤怒》等。在这些作品里，我不难察觉作者对于欲望与节制、青春与衰老、生存与死亡的挣扎和辩证。

其中，《凡人》是值得我们一读再读的。《凡人》一书，始于罗斯的一次经验，一次每个人在长大的过程中，迟早都会遇上的经验：见证朋友的离世。有报道说，在罗斯晚年，他几乎每半年就要出席一次朋友的追思会，而对他震撼最大的一次，莫过于他的好友兼诺贝尔文学奖得主索尔·贝娄（Saul Bellow，1915—2005）的离世。

从索尔·贝娄的葬礼回来后，翌日，罗斯着手创作《凡人》一书，讲述一名男子面对晚年孤独的恐惧。故事情节淡然，他又借着书名指向每一个平凡人的经验。到了书的结尾，罗斯写道："他再也没有醒来，心脏停止跳动。他走了，不再存在了。他在不知不觉中进入一个虚无之境，正如他之前的恐惧。"死亡，以及恐惧，不过如此。

罗斯以一本小说，回应了好友的离世，他说"我刚从墓地回来，它让我往前走"，往余下的人生前进。罗斯明白，每一种才能都会有限期，因此可以断言封笔。还有，他明白每一种生命都会有限期，只要在限期之前，好好活着，放手一搏就好了。正如我上文只引用了罗斯名言的上半句，"没有任何东西得以恒久存在"，而下半句是"然而也没有任何东西转瞬即逝"，让我们好好把握"现在进行时"吧！

笛福

问你一个问题：你知道自己父亲最喜爱的书是哪一本吗？

我从来没有想过这个问题，甚至不怎么觉得我的父亲喜欢读书，但在一次机缘巧合下，他主动提起了儿时最喜爱的读物。原来，他小时候喜欢读 18 世纪英国作家笛福（Daniel Defoe，1660—1731）的小说《鲁滨孙漂流记》。

对我来说，《鲁滨孙漂流记》之所以经典，莫过于鲁滨孙的大名比作者笛福更广为人知的事实。《鲁滨孙漂流记》的故事，就像童话，大家好像都听过，但没有多少人真正读过。没有多少人记得鲁滨孙第一次出海是为了逃避家庭责任，亦没有多少人会想起鲁滨孙第三次遇难是因为他加入了贩奴航运的行业。

然而，大家都会说起鲁滨孙流落荒岛的故事，包括我的父亲。父亲说，他之所以喜欢读《鲁滨孙漂流记》，是因为当中描述到鲁滨孙如何以一己之力与简单的工具在荒岛上存活，他生火、制作武器、打猎、种植、建屋、做陶器，还养羊、养鹦鹉。

　　父亲说，他儿时会发白日梦，幻想自己像鲁滨孙，一个人流落荒岛，以求生技能让自己存活。父亲的幻想跟《鲁滨孙漂流记》的情节迥异。父亲会想象自己独个儿留在荒岛的"美好时光"，而鲁滨孙却在岛上从得到第一个仆人"星期五"开始，慢慢成了岛上的统治者，展现了笛福相信"只要有机会，人人都会成为暴君"的政治立场。

　　人的记忆都是有选择性的，父亲记忆中的《鲁滨孙漂流记》只有海上漂流与流落荒岛的故事。他说，长大以后，他还是没有忘记这个"白日梦"，他读有关求生技能的书，参加外展班，学习野外定向等等。因此，我家里还有不少越野装备，但有趣的是，我没有任何跟父亲在郊野探险、露营的记忆。为什么呢？

　　因为，父亲的白日梦在有了家庭的一刻破灭。

鲁滨孙因为逃避家庭而漂流，我的父亲却因为家庭而学会何谓"脚踏实地"，何谓当一个有责任感的男人。感谢他的责任感，感谢他一直辛劳工作到60岁，好让我和妹妹安稳地成长。同时，我又想起：笛福写作《鲁滨孙漂流记》时，同样是年近六旬。

笛福的人生，也可算是一种漂流的人生。儿时的笛福经历过伦敦瘟疫，又经历过历史上有名的伦敦大火灾，而母亲亦在他10岁左右离世。长大后的笛福曾经从商，到过西班牙、法国和意大利，但屡次失败。他也在军队里混过一段时间，但反叛的性格没有令他得到亮丽的成绩。

后来，笛福又为四五份报刊当过编辑，写下大量评论文章与著作，例如提倡改革运动的《关于一些问题的观点》，以及讽刺托利党压迫异己的《消灭不同教派的捷径》，最终因为肆无忌惮地讽刺政府而多次被捕入狱，但他依然故我。

1719年，即笛福59岁那年，他偶然在一本名为《英国人》的杂志上读到一篇报道，讲述一名苏格兰水手，因为与船长发生冲突，而被弃置在荒岛上。从此，水手在完全与世隔绝的孤岛上生活了4

年多，就这样忘记了人类语言，成了一名野人。这篇报道燃起了笛福创作的热情。他没有写他擅长的新闻文章，而是决定以此素材创作小说，改写成一篇流落荒岛的"暴君"故事。

《鲁滨孙漂流记》大受欢迎，一年内加印4次，成了经典。比起笛福其他旨在唤醒大家思考极权主义的文章，这部小说的影响力更深更远。同时，我们也明白笛福所说的，"一个人只是呆呆地坐着，空想着自己所得不到的东西，是没有用的"。无论多少年岁，我们都有实现梦想的权利。

塞林格

我曾经听过一个似是而非，但对心理健康很有帮助的说法：如果世界上没有人误解你，如果你没有任何一个因误解而来的敌人的话，你这个人一定是没干过什么大事。

乍一看，这句话像歪理，但仔细想想，它说到了一个现实：任何人都会被误解，因为我相信，任何人都有他正在干的大事。一位母亲可以因照顾小孩而被婆婆或丈夫误解；一名员工可以因为想与人为善而被同事误解；一个学生可以因为努力争取成绩而被同学误解。

误解，是人们在残酷世界互相伤害的武器。在此，我想谈一位经常被误解的作家，他是塞林格，而他写过这样的话："不成熟的人想为理念而壮烈牺牲，成熟的人会为理念卑微存活。"听罢，如果你正在为自己的理念奋斗抗争，你大概已经开始误解这句话的意思。塞林格，绝不是一个逃兵。

关于塞林格，人们一般的认识大概就是他的名著《麦田里的守望者》（*The Catcher in the Rye*）。对这本作品多一点认识的朋友，可能会说到这本书创下累计全球销量 6 500 万本的纪录；以及当年，枪杀了约翰·列侬的凶手，竟然在事件后安静地坐在人行道上读《麦田里的守望者》等待被逮捕。还有一些资深读者，会说到塞林格第一篇刊登在《纽约客》杂志上的小说，题为《香蕉鱼的好日子》（*A Perfect Day for Bananafish*）。但总的来说，一般人对塞林格的印象，总是有点模糊，认识不多。为什么呢？其中一个主要原因是：塞林格在成名后不久，便远离城市隐居去了。

《麦田里的守望者》在出版前，受到了不少业内人士的质疑，有的出版社退稿，有的编辑要求改书名。但此书正式出版后，却大受欢迎，空前成功，塞林格顿时成了家喻户晓的人物。塞林格回应这名誉的方法，是搬到郊区，不再接受访问，不再发表作品。

最初，媒体以"文学史上的真正隐士"正面称之。日子久了，关于塞林格的各式各样谣言渐渐被传说，比如说他在住所外围安装通电的栅栏，说他放狗咬人，甚至说他对人开枪。世人在怀疑：塞林格居然放弃了对现实世界的抗争精神而离开群众了？在我看来，这是天大的误解。

塞林格不是一个逃兵。《麦田里的守望者》的主要读者是二战战后的一代，而塞林格正是参与二战的前线军人。1941年珍珠港事件之后，塞林格立刻跑去参军，却因体检不合格而被拒。后来美军进一步增兵，他成功入伍，加入美军步兵第四师第十二旅，担任上士，负责反间谍工作，并参与了著名的诺曼底登陆战，是首波抢滩军人之一。作为一名在前线的作家，塞林格一边参战，一边写作。在抢滩时，塞林格背着《麦田里的守望者》的前六章手稿。我们想一想在战争前线写作是怎样一种体验。枪林弹雨，血肉横飞，死亡伤病近在咫尺，而塞林格却高度自律地以生命完成手稿。

塞林格面对残酷世界的经验是第一手的，而且是有气味的。1945年春天，塞林格随着军队来到考弗灵集中营（Kaufering Concentration Camp），目睹了上百名饿死，甚至被活活烧死的犹太人的尸体。他说："闻过的人怎么也忘不了烧人肉的气味。"塞林格在战争前线超过 200 天，获得 5 枚战星勋章，1 枚总统颁发的部队英勇勋章，却在德国宣布战败后的 7 月，因精神崩溃而入院。

《麦田里的守望者》不是一本描写战争的小说，而是一本因战争而来的小说，是一本没有战争片段的战争小说，并且时刻提醒我们身在残酷世界的态度："要是有哪个孩子往悬崖边跑去，我就要把他抓住。"这就是塞林格书写这本小说的精神。

当 16 岁的主角霍尔顿目睹同学跳楼自杀后那血肉模糊的现场，当他从学校逃到纽约的路上，遭到同学殴打，被皮条客抢钱，崩溃到考虑自杀时，他的处境与身在前线的大兵一样孤立无援。霍尔顿与二战后的人类，思考同一个问题：我们要如何找到活下去的理由呢？

"我只想当个麦田里的守望者。"塞林格写道。守望者又怎会离开麦田呢？塞林格的儿子澄清，前文提到的塞林格的古怪行为都是捏造的。事实上，他的父亲在隐世之后，除了写作，还会默默回信给失意的读者。回到前面提到的引文："不成熟的人想为理念而壮烈牺牲，成熟的人会为理念卑微存活。"我想强调：重点不在存活，而在于拥有理念。

人就是这样，
会本能地逃避
最根本的问题

松本清张

　　当我们谈论日本推理小说史，不得不提在 1957 年，以出版《点与线》而发起了所谓"清张革命"的松本清张（Seicho Matsumoto，1909—1992）。松本清张以多年来在社会低下阶层工作的观察，以推理小说的形式，探讨社会的恶与罪，开创了"社会派"推理小说之流派，将推理小说，从不切实际的斗智游戏，提升至具有社会批判力的文学作品层次。

　　但所谓的文学的社会批判力，究竟批判了什么，而这样的批判又如何指导我们的生活呢？

　　松本清张一生作品丰硕，总数已经超过 700 篇（亦有人说超过 1 000 篇，这合乎一个神话的标准）。就数字而论，我们或许会以为松本清张是另一名早熟型作家，但事实上，松本清张在 1951 年，即约 40 岁时，才以《西乡纸币》获得《周刊朝日》百万人小说三等奖，同时入围当年的"直木奖"，正式出道，可谓大器晚成。而他的早年生活并不顺畅，以他的说法，就是"寸步难行"。

"从 16 岁开始帮忙家计，直至 30 岁，因为家庭和父母的因素让我的人生寸步难行。"松本清张于《半生记》中写道："我几乎没有什么值得怀念的青春。前半生都是惨白黯淡的。"然而，松本清张儿时与父母在日本各地的颠沛流离，以及长时期于低下阶层生活的累积，令这位推理作家对于善恶、是非，多了一份敏感、谅解。

当然，松本清张的不少作品都以宏大历史观切入社会的怪现象，例如《零的焦点》讲到日本二战后的集体心灵创伤，又例如《日本的黑雾》探讨 20 世纪 50 年代美军对日本造成的阴霾，等等。松本清张写的固然是推理小说，而推理小说又往往与"犯罪"有关。在精辟的历史观下，读者又不禁会同情地问：犯罪的人，有不犯罪的可能吗？又说，主角犯下的罪，是源于他的欲，还是时代的恶呢？

在松本清张的众多作品之中，我偏门地喜欢《黑革记事本》。故事讲述主角原口元子晚上化名

"春江"在俱乐部当陪酒小姐，而在白天，就在银行当一名女职员。原口元子在银行工作期间，得知有不少存款人都以假账户或无记名账户的方式，偷存巨款以逃税。元子利用职务之便，将这些黑钱存取的账目记录在一本"黑革记事本"上，并且看准了银行高层与逃税人害怕查账的弱点，在三年间从客户的户口里，盗取了7 568万日元（时为1972年）。

后来，元子离开了银行，开了她自己的第一家俱乐部，取名Carnet（"卡尔内"），是法语"记事本"的意思。顾名思义，这间店的资金正是拜那本"黑革记事本"所赐。元子以这本黑材料，继续在表面风光的银座世界，敲诈、盗取、犯罪，最终在罪恶中越踩越深。

原口元子的身份背景，是典型松本清张小说主角的人物设定：出身低下的平民百姓。为了摆脱前途黯淡、枯燥无味、遭遇不公的生活，借着别人的罪行而进入社会黑暗的角落，却在不知不觉间陷入另一个更大的罪恶之中。这种有关平民与权势的冲突、公义与罪行的取舍、贪念与上进心的定义，成了《黑革记事本》的故事核心，也是清张作品的命题。

在声色犬马的五光十色之下，松本清张写下了《黑革记事本》。这是一座黑色的银座，也让人想起松本其他的"黑色作品"，如《黑色树海》《黑色画集》《黑影地带》《黑色福音》《黑色回廊》《黑色的天空》等等。黑色，或许就是松本眼中社会的真正颜色，而在染黑了的社会里，谁敢说自己清清白白呢？

松本清张说："人就是这样，会本能地逃避最根本的问题，直到不得不面对。"这句话原意是想说我们掩耳盗铃地自欺欺人，但我想，此说用于人们论断别人的情况，道理一样。我们，有时太快太易太表面地责怪别人，却没有了解错误背后的根本问题。或者，暂且撇开是与非，尝试了解别人的甘与苦，真的可以减少一点世界的残酷。

我一直都处于不安的状态

东野圭吾

　　人会忧伤。其实，忧是如何伤人的呢？

　　我想，忧伤之伤人，在于它的难以痊愈，就像一道疤痕下发炎的伤口，表面上看似结痂，底下却在隐隐作痛。最伤人的忧伤，往往是一种缠绕的痛。

　　说起忧，自然想到解忧，又会让我想起东野圭吾（Keigo Higashino，1958— ）的小说《解忧杂货店》。不少人都读过、看过小说《解忧杂货店》，或其改编的电影。故事讲述一间名为"浪矢"的杂货店，除了售卖日常用品，老板还提供"解忧服务"：只要人在晚上将写了烦恼的信投入铁卷门的收信口，隔天就可以在店后的牛奶箱找到解答信。《解忧杂货店》的故事，就在3名年轻人偷偷闯入这杂货店开始。

　　《解忧杂货店》不是我最喜欢的东野作品（因

为我更喜欢东野圭吾早期的作品）。然而，在此书中，东野圭吾还是出色地扮演着叫人按主题思考的指挥家。当谈到忧伤的人时，他指示我们想道："他们都是内心破了一个洞，重要的东西正在从破洞逐渐流失。"这句话之精妙，不在破洞，不在流失，而在于"逐渐"。

然后，我又想，东野圭吾又有怎样的破洞，才会写出如此细腻的关于忧伤的描述呢？

我不知道。或者说，我尚未有一个明确的、很完整的答案。没错，东野圭吾是当代最著名的推理作家之一。我们都知道他于 1958 年出生，自 1985 年以《放学后》获得"江户川乱步奖"后，从上班族转型成为全职作家，并创作至今，让名侦探伽利略、加贺恭一郎诞生。

然而，对于东野圭吾的内心世界，我们所知不多。有关东野圭吾的访问，固然不少，但内容总是高度聚焦在小说创作，中间谈到创作习惯，东野圭吾才会透露半点生活的点滴。在我看来，东野圭吾就是一位自我保护度极高的作家，将自己的心意、感情、往事，收藏得很深，直至自传体散文集《我的晃荡的青春》出版。东野圭吾竟然将儿时的笨拙，以及青春期的顽劣倾囊而出。我只能说，东野圭吾不愧是东野圭吾，他就是可以给人惊喜。

在《我的晃荡的青春》中，东野圭吾描述他的中学生活，犹如漫画情节般夸张。例如同学会携带利器上学，学生威吓老师，男生偷窥女生更衣。而在这成长时期，东野圭吾醉心的不是写作，而是打麻将。"如果在8个箱子里各放一个烂苹果，那么最终所有的苹果都没救，"东野圭吾回忆道，"这样还不如将全部烂苹果集中在一起，要损失的只是一箱。"而当时的东野圭吾便是箱里烂苹果中的一颗。

作为一颗于成长期等候被遗弃的烂苹果，成熟后的东野圭吾以老练的文字写出可以引人发笑的青春，写起来仿佛漫不经心，但细细读来，却感受到他对于那段晃荡青春的隐隐作痛，正如他所说："每个人都经历着受骗和伤痛，最终掌握了在这条街道生活下去的本领。"而如今的东野圭吾，就是蛮有本领的人，因此，他才可能写出一本《解忧杂货店》，以"解忧"为题。

回到《解忧杂货店》，浪矢老板可以为客人解忧，全然因为他细致而蛮有同理心的回信吗？我想，一半一半吧！忧伤的人，得到他人的关注、聆听，以及真诚的响应，的确可以修补内心破洞的一半，但另一半的修补却在于：忧伤的人先将自己的忧伤写下来了。

你问："写下来，就能够完全解忧，有这么神奇的事吗？"的确没有这么神奇，也没有这么绝对，但"写下来"的解忧力是肯定的。如果我们容许忧伤缠绕，我们会慢慢地逐渐失去内心重要的东西。但如果我们可以将忧伤写出来，它便从内心走出来了，就像写日记一样。

写日记，就像给自己寄信。当你在纸上写下烦恼，烦恼也会慢慢从心底转移到纸上。东野圭吾曾在访问中提及："我一直都处于不安的状态。"作为作家，将过去的忧，将现在的不安，持续写出来，就成了书。作为一个长期写日记的人，我同样经历过"写下来"的解忧力。在此，希望你也给这解忧法一次机会。试试将心中的烦恼写下来，再感受一下怎样。就试一次吧？

我们不再需要作家
充当单打独斗的英雄

托妮·莫里森

　　每个人都有忠于自己信念的权利，而当他为了坚持自己的信念而做出牺牲时，总是值得我们尊重的，但我们没有必要迫使有信念的人成为烈士。

　　以上道理是从一位朋友那里学到的。他是一位有理想而意志坚定的朋友，他为自己所相信的观念奉献了事业，而他，从不对旁人的选择说三道四。他掌控自己的生命，却从不将自己的信仰强加于身旁的人。他教导我：每一个人在争取理想的过程中，可以有不同的岗位，不同的担当。这让我想起一位作家，她的名字是托妮·莫里森（Toni Morrison，1931—2019）。

　　托妮·莫里森是第一位获得诺贝尔文学奖的非裔女性作家，也曾经获得普利策小说奖。她于2019年去世，为我们留下了11本小说，以及其他类型的文字创作，当中有著名的《最蓝的眼睛》《所罗门之歌》，以及我十分喜爱的《宠儿》。

"写作使我免于痛苦，这是我的居所，是我能掌控的地方，"莫里森在一次访问中说道，"没有人能告诉我该怎么做；这是我的想象力能尽情驰骋之处，我也确实在全力这么做。在我写作的时候，我可以不在意自己的身体，不在意世界上的任何事物。"那么，你必然会问：究竟是什么样的痛苦，迫使莫里森必须用写作建构掌控自我的居所呢？

莫里森的文学是对社会压迫非裔美国人的响应。莫里森带着深刻的历史意识，以非裔美国人的语言，书写他们的生活与挣扎，切入他们的喜与怒，以及种种心路历程。与其说莫里森的文学是带有批判的小说，不如说它是带有情节的历史批评，例如她最出名的作品《宠儿》。

《宠儿》取材自真人真事，以 1873 年的美国俄亥俄州为背景，讲述一名非裔女奴为了自由逃离庄园，却不幸被白人奴隶主追捕的故事。当时，非裔女奴不愿自己的女儿重回那要当一辈子奴隶的命运，竟然亲手杀死了刚刚会爬的女儿，并将她下葬。18

年后，奴隶制解除，这名被母亲杀了的"宠儿"却阴魂不散，回来缠绕打算过正常生活的母亲。在自责的梦魇与女儿的讨债之中，非裔母亲不可避免地成为悲剧人物，而读者可不会忘记，主角这么做第一是为了自由，第二是不忍孩子失去自由。

莫里森的《宠儿》是对美国奴隶制历史的控诉，而这样的书写不单是历史研究的成果，更是作者从小到大的情感经验。莫里森出生于 20 世纪 30 年代的俄亥俄州，正是《宠儿》的发生地。她的父亲是一名造船厂工人，他一生遭遇过不少美国南方严重的种族歧视，更在儿时目睹白人对非裔的私刑。白人对非裔的剥削刻于莫里森儿时的意识，与此同时，莫里森的祖母跟她说了许多非裔美国人的传统民间故事，因此长大后，她决定以故事讲述非裔族群的处境。

"我们远离了能够听到这些故事的地方，"莫里森说，"今天的父母也不会坐下来给他们的孩子讲述这些我们多年前听到的有神话性质的经典原型故事。"因此，她决定自己书写属于非裔族群的故事，同时她认为尽管有"许多非裔美国作家，尤其是男性作家，但我感觉他们早期的作品并不是写给我看的"。

莫里森知道非裔美国人的平权运动是多面的，而她决定以作者身份参与其中。她说，"我们不再需要作家充当单打独斗的英雄"。因为作家不需要单打独斗，她可以用小说建筑起属于自己族群的居所，好团结群众，并让他们不再需要单打独斗。

如果在这一刻，你感到自己在争取理想的路上单打独斗，请想起莫里森及其作品。要知道你不是孤立无援，也不是那位被迫杀死女儿的母亲，你只是在等待前来团聚的同伴，一起前往那理想的居所。

这是唯一能做的事

艾丽丝·门罗

我曾经将一段很难释怀的事情写进我的小说里。当时，爷爷患了癌症独自留院，而医院却因疫情的缘故，不让家属随便探望。于是，在爷爷住院的很长一段时间里，我没有多少探望他的机会，直至有一天，护士告诉我"家人可以不设时限地探望他"。那一刻我听懂了护士的意思，也第一次思考：面对垂死的人，我们还可以做什么呢？在此，我想分享加拿大作家艾丽丝·门罗（Alice Munro，1931— ）的一个短篇故事。

门罗是当代著名短篇小说作家，更是诺贝尔文学奖得主，从 37 岁发表第一部短篇小说集后，创作不断。瑞典文学院常任秘书彼得·恩隆称赞门罗说，"人们将她比作契诃夫，其实门罗独树一帜。她将短篇小说引领至完美的艺术境界"，并赞同她是北美最伟大的作家。而门罗的独树一帜在于她的"精细"。

所谓门罗的"精细",不在于她选择以短篇为文体,而在于她以短篇小说的优势,淋漓尽致地表现出,如何以短篇幅的文字写进人物的内心深处。在阅读门罗的短篇小说后,你不会再怀疑短篇小说不过是扩展不成长篇的产物,相反,你会明白短篇的精细美,至少是门罗短篇的精细美。

门罗1931年出生于加拿大安大略省的一个小镇,成长期历经法国六八学运、北美女性主义思潮,以及一系列反战运动。然而,有别于其他有类似成长经验的作家,门罗的故事不强调历史感,却放眼于人性,探讨人性普遍的价值与哀愁。因此,当有记者问她为何她的主角都是小镇人物时,门罗回答说:"难道您不觉得小人物就是我们整个社会的样貌吗?"而我想介绍的短篇《我年轻时的朋友》,主角也是小镇人物,故事也在探讨一系列普遍的人性问题。

《我年轻时的朋友》的故事是这样的:话说,"作者"从母亲的口中,听到一个关于"老小姐"与她妹妹的故事。老小姐是勤劳朴实的信徒,独力照顾妹妹。后来，老小姐（还不老时）认识了一名男子，他们相恋，准备结婚，但在成婚之前，妹妹却怀孕了。

门罗于行文中没有半点制造疑团的安排，简单直接，说妹妹"艾莉又吐又哭"，"或许是因为罗伯（那男人）终于说了实话"，"婚礼，尽管不是原来计划中的那个，却是非办不可"。后来，妹妹多次怀孕，又多次流产，身子弄得很差，卧病在床，人变得充满牢骚，辱骂医生又数落老小姐，但老小姐还是好好照顾这位垂死的妹妹。面对失控的妹妹，她总是说："那我的小姑娘呢？我的艾莉呢？你讲的那个不是艾莉，是不知哪儿的牢骚鬼，把艾莉赶走了！"

《我年轻时的朋友》的支线甚多，可以谈论的话题不少，包括背叛、性欲、信仰，但在我看来最深刻的还是关于人如何面对垂死的亲人："念书给一个垂死的女人听，这算什么？"常言道"死者为大"，但当一个人临死前，还是没有为自己的罪恶悔过，也没有真正尊重自己的生命，为什么我们还要无条件地顺从他、照顾他的感受呢？

这要看你与他是否曾经有爱了，至少，这是这故事的答案。无论是老小姐照顾垂死的妹妹，还是"我"回忆垂死的母亲，当中从坚持到愧疚之间所牵扯的情感，无不跟记忆中的爱有关。在死别之时，我们或多或少都依赖回忆，毕竟没有人想以临终时的病容作为灵堂的遗照，我们都想见到记忆中的那一个美好的他。

　　说到底，"念书给一个垂死的女人听，这算什么"？门罗的"答案就是'这是唯一能做的事'"。面对垂死的人，可以做什么？可以做什么，就做什么。这将是未来的回忆，也是当下最应该做的。在此，祝福每一位有同样经验的你，毕竟这会是我们每个人，或早或迟都要面对的生命残酷。

多丽丝·莱辛

我有一位朋友，他是典型的中产中年异性恋男子，有着稳定的事业与一家四口的家庭生活。有一次，在一个俗套的"几名男子在酒吧喝酒聊天"的场合，他啜了一口啤酒说："我真羡慕那些浪子，一个人无拘无束，没有压力，没有责任，生活得多么容易啊！"

"你也可以啊！"我答道。"我怎样可以呢！"他说。之后的对答，都是冗言，反正就是他重复着"太晚了""怎么可能"这些话，而我的立场是"那只是当下的你权衡了利害后的又一次选择"。到了尾声，他说："别说了，如果我真的成了浪子，大家会怎样说我呢？"

我想，我真的不应该对我的朋友太苛刻。"闲言闲语"是世界伤害我们的其中一件武器，我们都害怕别人的目光，而我只想告诉我的朋友：不要去羡慕浪子，或那些过着与众不同生活的人，他们可以如此，往往因为他们愿意承受我们不愿意承受的目光。

同时，如果你选择了一条与众不同的生活轨迹，却又因承受着残酷世界对你的指指点点而不忿的话，或许可以念一念多丽丝·莱辛（Doris Lessing，1919—2013）的名言："当你自己选择了与众不同的生活方式之后，又何必去在乎别人以与众不同的眼光来看你？"关于"不理会别人的目光"这门课，多丽丝·莱辛及其作品，绝对是必要的参考。

莱辛是有史以来获奖时最年长的女性诺贝尔文学奖得主，得奖时已达 88 岁高龄。莱辛是一位英国作家，她的父母也是英国白人，但在"一战"后，莱辛便与家人到了非洲生活，而她之后的人生到了不同的国家与城市。这些经验，加上她的种种选择，成就了诺贝尔文学奖颁奖词的中肯评价：莱辛是"女性体验的史诗作者，以其怀疑的态度、激情和远见，清楚地剖析了一个分裂的文化"。

究竟，莱辛怎样忠于自己的怀疑与激情，又在生命中做了什么样的选择呢？或许，我们可以从她最著名的作品《金色笔记》说起。

《金色笔记》以独特的结构配以浅白的文字，讲述女主角安娜忠于自己的欲望与理想的生命探索，追求自己喜爱的事情与情感生活，并在20世纪60年代初出版时，挑战了当时仍旧保守的现实社会。主角安娜是一名女作家，也是一名单亲母亲，于离婚后与另一位已婚男子交往。安娜经历过不完美的婚姻，却又希望从这名已婚男士身上得到另一段婚姻。

在书中，何以成为"自由女性"是贯穿始终的主题。作者毫不讳言地探讨女性的月经、性幻想、性高潮，也处理女性作为母亲的角色，以及所谓的"母爱"：如果母亲对孩子的照顾是一种最坚实的母爱，那么，母亲给孩子的生活想象，是不是另一种母爱的表现呢？尤其安娜这位母亲的生活是如此漂泊不定。

在感情上，安娜追求忠于情欲的自由恋爱；在政治上，她拥抱标榜平等的左派思想，并于冷战初期成为共产党员。然而，在貌似无拘无束的生活背后，却混杂了安娜的各种挣扎。安娜曾因为那一段不被世人认同的关系而崩溃，也因为对苏联的失望而愤然退党。

事实上，《金色笔记》是一部自传式小说。主角安娜的遭遇与作者多丽丝·莱辛的经历大同小异。莱辛同样离过婚，而且离婚两次，她也曾经跟一名有妇之夫长期交往，而且她也曾经加入共产党，然后退党。

莱辛以这样直率不羁的态度，引领自己的生活直到94岁高龄过世。她不怕做"错误"的决定，因为每个决定都可以是错误的，分别只是你以一个月、一年，还是一辈子来衡量。更重要的是，莱辛放胆忠于自己的选择，同时无惧别人的目光，决意过着"与众不同的生活"，不在乎"别人以与众不同的眼光"来看自己。

话说回来，当我的朋友在酒吧感叹说："如果我真的成了浪子，大家会怎样说我呢？"我答道："那么，就轮到我们羡慕你，以及你那与浪子格格不入的小肚子了。"

我们就像雪中的树干

卡夫卡

心理学有所谓"光环效应"（Halo Effect）的理论，即当我们遇到一位外表讨好的人，我们会倾向于相信他有其他正面的特质，例如聪明、上进、善良。简言之，以我们一般人的非心理学的说法，就是"以貌取人"。我不讨厌这种将生活常识包装得"十分学术"的做法，因为人们真的以貌取人，也以"貌"取概念，带点学术的包装，或许真的能够令人再认真一点思考这事。

我们不仅以貌取人，还会以印象、以评价、以记忆取人，同时，被人取之。当我们留下了"第一印象"，它就成了我们的名片，而且往往是花多少力气都改变不了的。这刻板印象的重点，不在正面负面，而在于牢不可破，毕竟你觉得是正面的印象，可能我认为是负面的，而当印象不能改，在极端（却又时有发生）的情况下，以貌取人可以带来偏见，造成歧视，成为一种日常的残酷。

在文学史上，要说到数一数二的留下了错误印象，而令千千万万读者误解的作家，我认为非卡夫卡（Franz Kafka，1883—1924）莫属。

卡夫卡留给世人一个相当一致的形象：一名虚弱而内敛的爱情失败者。这印象固然并非空穴来风，但当我们仔细探讨卡夫卡的过去，又会发现一位不太熟悉的卡夫卡。

1924 年，卡夫卡肺结核病恶化，最终因为咽喉结核，无法进食而饿死，享年 40 岁。肺病与早逝，令卡夫卡皮黄骨瘦、弱不禁风的形象深入民心，像极了他临终前写成的《饥饿艺术家》的主角，"脸色异常苍白，全身瘦骨嶙峋"。然而，难道卡夫卡一生都没有健康强壮过吗？

卡夫卡乃运动爱好者，他在布拉格的日常运动就是连续几小时的徒步训练，而在大学时期，他还接触过骑马、网球等当时的潮流运动。再者，卡夫卡曾经坚持每天健身，为期超过 10 年。这样的卡夫卡，你认识吗？

我们不单误解了卡夫卡的体魄，还误会了他的性格。因为他的作品都有向内心掘井的倾向，不少人（包括我自己）都直觉地认为，卡夫卡就是一名躲在房间里写作的书呆子，不擅长交际，也不太关心外界。事实上，卡夫卡是一名喜欢四处游历的旅行者，短暂的一生中到过60多个大城小镇，包括巴黎、米兰、柏林、维也纳、布达佩斯、苏黎世、莱比锡等地，虽然有时候是出于疗养的原因。但更多时候，卡夫卡流连的是演奏会、舞会、赛马会、博物馆，甚至赌场。

最后一个对卡夫卡的误解是：他是一名爱情失败者。的确，卡夫卡曾经三次订婚，又三次解除婚约，同时，他长时间受苦于纵欲与性障碍的矛盾折磨之中，但在爱情路上，他至少有一次得到对方欣赏的甜蜜经验，这位女子的名字是密伦娜。

密伦娜是一名捷克记者与作家，与卡夫卡可算是两情相悦。在卡夫卡留下的一千多封书信中，我们发现不少密伦娜的踪影。他们彼此写信，分享各自的生活，也交换对文学的想法，尤其是对陀思妥耶夫斯基小说的看法。敏感的密伦娜，能够隔空看穿卡夫卡的心事，而卡夫卡寄情于信中，感受着既甜蜜又难受的爱情。

"写信意味着在幽灵们面前裸露自己的身体，"卡夫卡写道，"这正是幽灵们企盼着的。写在信里的吻到达不了它们的目的地，它们在中途就会被幽灵们吮吸干净。"事实上，卡夫卡与密伦娜的通信，不单有幽灵作祟，更真的是文字上的幽会，毕竟密伦娜早已是有夫之妇。

所以，卡夫卡始终是爱情的失败者吗？嗯，我们就不在此纠结了，好吗？我说了这么多有关卡夫卡的往事，不过为了说明一个想法：我们不应该轻易以印象概括别人，更不要太在意别人对自己的误解，尤其当这些偏见削弱了我们的自信。

误解，不会取消我们的成就，也不应该干扰我们对自己的认识，正如卡夫卡所写："我们就像雪中的树干。表面上看起来，它们平平地立在雪面上，仿佛轻轻一推就能移动它们。不，我们移动不了，因为它们与大地牢牢相连。"

残酷的世界，想以误解与偏见搬走我们？我们偏偏以自重，牢牢地守在原地。

罗兰·巴特

我们可以如何快乐呢？

幸运的人，可能思考过这问题，要么找到答案，要么找不到；不幸的人，却连想也没想过这问题，他们或许陷于忙碌的生活，甚至一直沉浸在不安与悲恸中。曾经流行于古希腊与古罗马的斯多葛学派（Stoicism），因此认为：人们要得到快乐，先要学会如何面对焦虑与痛苦。

今时今日，罗兰·巴特（Roland Barthes，1915—1980）是文艺界无人不识的名字。这位 20 世纪最重要的法国文学理论家及其作品，陪伴了一代又一代的作家、学者成长，而作为如此鼎鼎大名的人物，巴特对文字的敏感与探索，却不是靠平平稳稳、一帆风顺的人生而成就的。相反，在巴特一生的波折中，文字一直是他面对悲恸的方法，而他也在悲恸中，与文字建立起密不可分的关系。

在巴特未满 1 岁时，身为海军军官的父亲便在一场海战中殉职。从此，巴特与母亲相依为命。1939 年，巴特于巴黎大学获得古典希腊文学学位。同年，第二次世界大战爆发，而当时的巴特却患上了肺结核，因此没有被征召入伍，也没有继续到研究院进修，而是被迫进了疗养院。

在与世隔绝的情况下，巴特在疗养院读了大量书籍，尤其是文学作品，奠定了他日后写下几部重要文学评论著作的基础，也让他形成了总是与世界保持距离的存在感：当外面枪林弹雨，他在读巴尔扎克（Honoré de Balzac，1799—1850）的《萨拉辛》。在此，罗兰·巴特养成了与文字为伴，以驾驭残酷事件的习惯。

巴特的事业没有十分顺利，他曾经在多所大学教授法语，后来又到了罗马尼亚与埃及等地从事短期研究工作。以今天的说法，他就是一名学术界零工。然而，以上提到的儿时丧父、病倒入院、做学术界"人球"，都不是巴特所经历的最难过、最不能释怀的事。

1977 年，当罗兰·巴特已经是国际知名教授、作家、大文人之时，独力抚养他成人的母亲过世了。巴特说："我天生的价值（伦理的与美学的）来自妈妈。她喜欢的（或不喜欢的）也塑造了我的价值。"母亲是巴特的唯一，而母亲的离世，对巴特打击巨大，令他无时无刻不想念着母亲，并带着无法让人分担的伤痛。

"妈妈过世之后，我的生命无法再有回忆，"罗兰·巴特于日记中写道，"浑浊无光，没有'我记得……'那种令人心颤的光晕。"在母亲死后，巴特失去了对未来的盼望，他只能活在痛苦的当下，"除了沉浸于悲恸之中，别无所求"。

如果我们最要好的朋友，面对如此沉重的打击，我们会怎样安慰他？我们会陪伴这位朋友，也会鼓励他带着美好的回忆继续未来的路。这样的应对，大概没有多少错误，只是不会是巴特面对悲恸的方法。

"悲恸是自私的。"巴特写道。巴特受到悲恸的折磨，但他不愿加快步伐逃离当下的痛苦，他不愿意以对未来的想象盖住当下的感受。在日记里，巴特写道："亲人一过世，其他人就汲汲于重新规划未来（换家具等等）：未来躁动症。"

母亲，是罗兰·巴特的世界；当他的世界崩塌，他不愿为未来躁动，而选择埋头于过去。巴特在母亲过世后3年（巴特在意外离世前）所出版的最后一本作品《明室》，对于读者而言，就是一本巴特式的摄影评论集；但对于巴特来说，它是一本怀念母亲的作品："我独自在母亲过世前住的公寓里，在灯下，一张一张地看她的相片，和她一步步回溯时光，寻找我心爱的面容真相。我终于找到了！"

在《明室》里，巴特以思考照片与现实、现实与过去、过去的集体"意趣"（studium）与个人"刺点"（punctum）来回忆他的母亲。比起伤痛，甚至比起忘记，巴特更害怕失去感受。他提醒我们："人不会遗忘。但一种迟钝无感渐渐袭入。"我们怕痛，但痛证明我们活着，证明我们有爱。

柯南·道尔

我们都知道侦探小说的鼻祖是创作了《穆尔格街凶杀案》的爱伦·坡，但我们不能否认的是创作出"名侦探福尔摩斯系列"的英国作家柯南·道尔（Arthur Conan Doyle，1859—1930），才是真正将侦探小说这个文学类型推至黄金时期的人。而无论是爱伦·坡笔下的杜邦，还是逻辑机器福尔摩斯，他们调查的是案件，而探讨的往往是：公义。

在乱世中，我们如何寻找公义，或在混沌中做出正确的道德决定呢？难道我们像福尔摩斯一般以高度理性作为度量衡，就可以安身立命而不负良心吗？我想，福尔摩斯之父，即柯南·道尔本人的经历，可以给我们上一堂有关行义的课。

我们一般人认识的柯南·道尔，是一位出生于19世纪中期的英国作家，既因为《福尔摩斯探案》

名垂千古，又因《在南非的战争》一书维护了大英帝国的声誉而获颁爵士封号。然而，大家未必知道的是，柯南·道尔的"正职"是一名医生，不但曾经到维也纳习医，更一度成为远赴西非的随船医生。

"生活是很枯燥的，"柯南·道尔写道，"我的一生就是力求不要在平庸中虚度光阴。"而立志成为医生，就是柯南·道尔摆脱平庸人生的第一步。他抗拒长年受天主教教育左右而做出的决定，他厌恶盲目服从的信仰，拥抱可以自主理性的科学。

在习医的路途上，柯南·道尔遇到了老师约瑟夫·贝尔（Joseph Bell，1837—1911）。贝尔是爱丁堡皇家外科医学院院士，他不单是爱丁堡大学医学院讲师，更因为观察入微、天性敏感，而多次获邀参与支持警方的调查，包括 1888 年著名的"开膛手杰克"连环杀人事件。贝尔给柯南·道尔留下了深刻的印象，并成了后来笔下人物福尔摩斯的原型。

后来，柯南·道尔才发现，成为医生或许让他摆脱了平庸，却没有改善生活的枯燥。于是，在自己的诊所行医长达 10 年之后，柯南·道尔开始创作小说，着手写第一篇《福尔摩斯探案》。然而，柯南·道尔不只是文字里的侦探。

或许是受到老师约瑟夫·贝尔的启蒙，又或者是长年书写福尔摩斯而来的正义感，晚年的柯南·道尔倒真的成了在现实世界里推翻冤案的人。

根据传记《神探柯南·道尔》所说，柯南·道尔曾经帮助一个谋杀犯平反。这名犯人的名字是斯雷特。斯雷特是一名德裔犹太移民，他失业、嗜赌，属于社会的底层，却不是一名大罪犯。1908年，斯雷特却莫名其妙地被苏格兰格拉斯哥警方控告谋杀一名富裕妇人。案件疑点众多，警方却定了斯雷特谋杀罪，判处终身苦役。

10多年后的一天，一名释囚从苏格兰彼得黑德监狱离开，并以假牙的破洞偷运了斯雷特的求救信件出狱。信件辗转到了柯南·道尔手上，而他请代笔写了一封回信："如果他们批准你写信，我们希望能收到你的消息。与此同时，不要丧气，要期待最好的结果。别担心，我们都会全力帮你。"

柯南·道尔言行合一，透过大量阅读法庭记录、研究相关新闻报道、比较证人证词，最终揭发检控人与警方均捏造证据，并曾经要挟目击证人做伪证。经过两场官司，斯雷特终于在 1927 年获释。

当然，这不会是此次事件的结局，否则我就没有要说这故事的理由了。话说，在斯雷特获释时，有关当局没有表示歉意，也没有做出正式赔偿，但苏格兰事务大臣办公室，最终还是决定发放 6 000 英镑的赔偿金。

6 000 英镑，是一个不多不少的金额。如果我们要做比较的话，那就是柯南·道尔为了这案件而聘请律师、助理，以及其他杂项的开支，大概是 6 500 英镑。换句话说，哪怕斯雷特将赔偿金全数给予柯南·道尔，他还是欠柯南·道尔 500 英镑。

事实上，斯雷特连一分钱也没有分给柯南·道尔，他获得了自由，便回到从前游手好闲的生活。所以，柯南·道尔是错帮了斯雷特吗？"地狱里的魔鬼也好，世上的恶人也罢，都不能阻挡我回到自己的家乡去。"柯南·道尔如此写道。而他的"家乡"，或许包括：公义。

我想，哪怕柯南·道尔明知道斯雷特不讲道义，他也不会选择不合道义地拒绝帮助身陷冤狱的斯雷特。这就像康德的"义务道德论"："一个行为是否合乎道德规范，并不取决于行为的后果，而是取决于采取该行为的动机。"不计后果，做该做的事，行义，不过如此。

永远在你的生活上保留一片天空

普鲁斯特

世界上最残酷的感觉，就是绝望，即希望幻灭。

绝望比死亡更可怕，因为死亡不一定带来绝望，但绝望会令人死亡。作为犹太人大屠杀幸存者，奥地利神经学家维克多·弗兰克（Viktor Emil Frankl，1905—1997）说，他在集中营中见到患上轻微感冒的人也会随随便便地死去，死因不是感冒，而是因为他们找不到生存的意义，因为他们绝望。

我想象不了比绝望更绝望的感觉，甚至连想象都不太愿意，我宁愿思考：我们可以怎样远离绝望呢？于是，我想起普鲁斯特的一句话："黑暗、宁静与孤独，如披风压着我的肩头，迫使我用笔去创造光明。"而我认为，普鲁斯特或许是其中最会自欺欺人的一位作家。

205

一般人知道普鲁斯特的作品，只有一部，即一书七卷的《追忆似水年华》。自38岁起，普鲁斯特着手写这部一共有120万字的长篇巨著，写到他死时的51岁。换言之，《追忆似水年华》占据了普鲁斯特人生最后很长一段光阴，而他亦在写完原稿后的两个月逝世，仿佛他的人生就是为了写这一本书而活。

然而，若我们细读普鲁斯特的往事，或许会发现，普鲁斯特的人生不完全是为了"用笔去创造光明"，而是用了大半生去寻求母亲的溺爱。普鲁斯特的父亲是一名医学教授，而母亲则是典型的来自保守家庭的贤妻良母。母亲对于自小体弱多病的普鲁斯特管教严格，不但掌控他的起居饮食、日常琐事，甚至会干预他结交什么朋友。而到了18岁，普鲁斯特还受制于母亲的禁止令。

对此，普鲁斯特又爱又恨。一方面，普鲁斯特显然对母亲有着情感依赖，即使到了成年，他对母亲的依恋还是像儿时没有母亲的睡前吻便会失眠一样强烈；但另一方面，普鲁斯特又有着对母亲的抗拒。在他死后出版的自传式小说《让·桑德伊》中，我们找到"他"对父母的控诉：

他真想做些事去伤害父母，或者他更希望不去接受每当母亲走进来夹带的咒骂声，他想告诉她，他要放弃所有工作，他将会每天晚上都到别的地方去睡……这一切只因他觉得需要反击，并且把那些母亲曾对他做过的坏事，用刀劈剑砍的言辞反击回去。

你或者会说：这终究是小说，岂可完全信以为真？是的，但根据传记作家的记录，普鲁斯特曾经写信给母亲，写道："我没有任何喜乐的要求，我很早以前就已经放弃它了。"而在另一封给母亲的信中，他说："事实上，只要我一感到舒适，你就会毁掉一切，直到我再度觉得不适，因为这种让我病况好转的人生会刺激到你。"哪怕只是这两三行的文字，我们也能感受到普鲁斯特当时对人生、对母亲的绝望。

为什么一位才华横溢的作家，竟然没办法走出绝望呢？

这是因为作家不一定必须有可以走出绝望的能耐，作者可以在绝望中思考，可以在绝望中书写，写下有关如何在人生中保持生命力的觉悟，就像普鲁斯特的教导，我们要"永远在你的生活上保留一片天空"，只是普鲁斯特能医不自医，而他的天空只有母亲。

我必须要说的是，不是所有传记作家都抨击普鲁斯特的母亲，当中也有人赞美她有总是以家庭为重的传统美德。但我认为，我从普鲁斯特得到启发的问题，不在于他的母亲是好妈妈还是坏妈妈，而是我们应该怎样构筑人生的希望对象。

普鲁斯特对母亲投入了绝对的寄望，并在得不到母亲相对的回应后，感到无比绝望。于是，我学到了普鲁斯特的人生课：我们之所以会感觉到残酷世界的绝望，源于我们将"爱"，全然投入会令我们失望的单一对象。"永远在你的生活中保留一片天空"，而一片天空之上，不应只有太阳，还应该有鸟儿、白云，甚至彩虹与天使。

赫尔曼·黑塞

　　每个人心中都有个乌托邦。有些人的乌托邦建立在异国，有些人盼望的是未来，有些人则将乌托邦建筑于自己的过去，殊途同归，都是源于对"现在"的不满。为了拯救当下的苦难，唐玄奘向西而行，最终寻见了他满意的答案之书。为了找到解救自身危机的方法，德国小说家赫尔曼·黑塞（Hermann Hesse，1877—1962），从西到东，前往想象中的东方"失去的乐园"。但他，又寻见了什么呢？

　　赫尔曼·黑塞是传奇级别的大作家，其文学成就不仅得到诺贝尔文学奖肯定，更是达到一代又一代文人追捧热议且从不过时的境界。在孩提时期，黑塞受到外祖父的熏陶，对东方文化、文学、哲学大有兴趣，同时，广泛阅读有关德国古典文化，以及基督教精神的书籍，培养了他对信仰的思考。

1911 年，黑塞跟随艺术家汉斯·施图岑艾格（Hans Sturzenegger，1875—1943）前往他心里的东方乐土印度。这次东方之旅本是对"失去的伊甸园"的神秘探索，但哪怕旅程让黑塞遇上了锡兰庇杜鲁塔拉加拉山的神显奇迹，最终还是成了黑塞的幻想破灭之旅。东方之旅，令他明白，乐土不在异地，但在哪里呢？

10 年之后，黑塞才成功消化了这次东方之旅的经验，写成了奇书《孤独者之歌》。在书中，黑塞保持了他一贯以对话探究哲学的风格，让主角遇上各种奇人，并成就主角的奇遇。每一次重读《孤独者之歌》，我都会有新的领悟，怪不得此书经常出现在文人墨客的推荐书目中。最近，当我重读此书，读到一节，又有了新的感觉，以及新的思考。在此分享这一小节。

话说，故事讲述主角悉达多流浪远行，有一天来到城里，爱上了名妓卡玛拉，并且展开追求。当时，卡玛拉不乏追求者，其中一位是商人，商人问悉达多："如果你没有财产，那你能给予她什么

呢?"然后,悉达多与商人开始了一段蛮有意思的对话:

"每个人都能给予他所拥有的。"悉达多答道,"士兵给予的是力量,商人给予的是商品,教师给予的是知识,农夫给予的是粮食,渔民给予的是鱼。"

"那你能给予她什么呢?"

"我能够思考,能够等待,能够禁食。"

"就这些?"

"我想,就这些。"

"这些东西有什么用处呢?"

"先生,它的用处很大。"悉达多说,"如果一个人没有东西可吃,那么禁食就是他所能做的最明智的事实。比方说,如果我没有学会禁食,那么我今天就必须找份工作,要么在你那里工作,要么在别人那里工作,因为饥饿会迫使我这样做。但事实上,我可以平静地等待,我没有焦虑,也没有病倒。我可以长时间地抵挡住饥饿的侵袭,并嘲笑它。"

这是一段经常被引用的对话,好教我们明白

"能够思考，能够等待，能够禁食"的重要：能够思考，是要运用理性与计划；能够等待，是有按计划行事、看准时机的情绪智商；能够禁食，是面对突如其来的困难时，所拥有的自我抗逆力。

黑塞曾经说道："故事所叙述的皆与我自己有关，它们反映出我所选择的途径，我的秘密之梦与愿望，我个人悲哀的苦痛。"我相信，悉达多的答案，正是黑塞面对残酷世界的方法，也是他从东方之旅学会的。

最后，我又想：这些能力，固然是生活学的重点，但用于追求心仪对象之上，真是可行的吗？能够思考，是恋人关系的大忌；能够等待，那么你就继续等等吧；能够禁食，更是不明所以，难道要一起挨饿吗？无论如何，悉达多最终还是成功了，而他对自我的判断，还是留有一手，乃"我能够说话动听"。

松尾芭蕉

寻求安静、安稳，早已成为都市人的重要课题。有人以冥想寻求安静，有人以运动寻求专注，对于作为普通读者的我们，则可以在阅读中寻求安静。对我来说，有一类文学，特别有让我安静下来的力量，那就是俳句，尤其是出于 17 世纪江户时代的俳谐师松尾芭蕉（Basho Matsuo，1644—1694）。

松尾芭蕉被誉为日本"俳圣"，出生于伊贺国，在江户写作。成名后，松尾芭蕉出版了不少文学刊物，并当上了老师，拥有了一批追随他的弟子。弟子们有的给松尾芭蕉建屋，有的跟随老师四处游历走遍日本各地。据说，松尾芭蕉崇拜唐代诗人李白，因此亦曾经署名"桃青"，以桃青与李白对偶，好比未成熟的青桃，对应丰硕的白李。

有趣的是，松尾芭蕉的俳句，完全不像李白的诗句那般有激情，倒是忠于他的佛家禅宗信仰，总是安安静静的，像落花掉落流水的一刻。例如，他写道：

　　闲寂古池
　　青蛙跃入
　　水声响

　　按照俳句十七个日文音与三行行文的严格要求，松尾芭蕉写出了一幅又一幅安于自然的画面。他又写道：

　　秋日黄昏
　　此路
　　无行人

　　看似简简单单的三行字，却写出了实实在在的气氛。有一次，我在写作课上跟学生分享松尾芭蕉的俳句，聪明的读者必定想到他们的反应："真无聊呢！""小学生也写得出。""这也算文学吗？""这有什么值得欣赏的?"。我必须承认,我这班学生值得我欣赏的是他们的诚实,但这种认知的落差源自什么呢?"这是因为他们不太认识松尾芭蕉,所以对他本人缺乏兴趣吗?"我想。

于是,我便跟他们讲了一些关于松尾芭蕉的野史。有人说,松尾芭蕉之所以一生未娶,是因为他不好女色;有人说,松尾芭蕉手持十八念珠,打扮成僧侣状,走遍日本东南西北,是因为他的秘密身份是德川幕府的间谍,他四处游历是为了收集情报;又有人说,在伊贺国出生的松尾芭蕉,其实是一名伊贺忍者,所以他健步如飞日行千里。听到这些传说,学生们都兴致勃勃,唯独当我说回俳句,大家又顿时沉默下来。

为了替松尾芭蕉扳回一城,我决定要让学生们亲身体验写俳句。我怀疑,学生们误以为那看似简简单单的句子,真的是简简单单写来的,而他们不知道越简单,越见功夫。我鼓励他们以"五 – 七 – 五"三行十七个字的汉俳规格(暂且不论平仄),试一试描述当时课堂的情景。

40 分钟过去,没有多少学生写成让他们自己满意的 17 个字，但他们表示，他们在书写期间，忽然读懂了松尾芭蕉的俳句之美。

这是因为他们终于体会到俳句写作之难吗？不是，而是当人们愿意静下来，才能见到安静的美好。学生们不是在体验困难之中看见美，相反，他们因为专注于当下的体验而得到了平静。在平静之中，他们终于与俳句的美共鸣。

这是一堂文学课，也是松尾芭蕉教我们如何面对烦扰世界的生活课。晚年的松尾芭蕉摆脱物欲，清心寡欲，曾经长达一个多月没有接见任何人，独自过着离群索居的生活，享受每一个当下，写每一首俳句。如果你能够明白这堂安静地活在当下的课，那么，你一定会读懂下面这首我最爱的松尾芭蕉俳句：

哎呀，幸好没事！
昨天喝了
河豚汤

可是，
你想听哪方面的忠告？

玛格丽特·阿特伍德

这是一篇有关加拿大作家玛格丽特·阿特伍德（Margaret Atwood，1939—）的短文，也是本书的后记。

玛格丽特·阿特伍德是当代最著名的英语作家之一。自6岁起写下第一首诗后，她仿佛便没有离弃过写作，她曾说，"写作是我唯一想做的事"。而作为她的忠实读者，我肯定（其实，也用不着我去肯定）阿特伍德这件"唯一想做的事"做得圆满、做得出色，她的作品多产且多样，既写小说，亦写诗、散文、文学评论，作品总计超过50部，并在持续增长中。其中，《可以吃的女人》《盲刺客》，以及改编为大热电视剧的原著小说《使女的故事》都是耳熟能详的作品。

阿特伍德的作品，有待读者发掘。在此，我暂且不多说她的作品，因为我真正想说的，是她的一次访问。

话说，阿特伍德曾经接受一名富有经验且细心的记者访问。在访问前，记者已经做好事前准备工作，知道阿特伍德讨厌于访问中被问及两件事：首先，她不喜欢交出"最爱"清单；其次，她不喜欢给人忠告。前者，记者想到可以回避的办法；后者，却是记者此次专访的主题。

于是，记者以最正确的方法处理这个难题，那就是：直截了当地告诉阿特伍德。阿特伍德得悉来意后，说："好吧，可是你想听哪方面的忠告？忠告要根据特定情况而定，譬如，你可能想知道怎样打开罐头？"这当然不是玩笑，但不容儿戏的记者，也只好硬着头皮问道：可以给大众人生的忠告吗？

"有啊，但是谁要听的？目的是什么？忠告通常都依人与情况而定。假如你有忧郁症呢？答案会依你的人生状况及觉得有用的信息而不同。"玛格丽特·阿特伍德说道，"听着，我是小说家，在我的世界里，一切都跟角色有关。他们是谁？人在哪里？是老人还是年轻人？穷人还是富人？他们想要什么？除非我知道让他们挣扎的问题，不然怎么给忠告？"

玛格丽特·阿特伍德面对记者提问的回应是严谨的，对我而言，这也给了我写这本书的最好忠告。这是一本充满忠告的书，却不是一本给人忠告的书。我的意思是，这本书写下了不少作家面对残酷世界的回应、创作，以及他们的忠告，但这些忠告是否要付诸实践，却完全依赖读者的选择，各人可因应具体的需要，去对抗不同的残酷。

复杂的人生经历，化成只言片语的所谓金句后，都显得异常廉价。然而，在金句背后的点点滴滴，才是金句之所以为金之所在。没有一句忠告，放诸四海皆准；没有一个人，可以是完人。同时，这也不会是一本完美的书，它只想为这不完美的世界，提供多一点可能，多一个答案。

人生的挣扎这么多，真的没有一句忠告可以通用吗？

"好，那我有一句话可以送你，"友善的玛格丽特·阿特伍德还是回答记者说，"你听听看：'通常会扎伤你的仙人掌都是小的，不是大的。'"这是人生的譬喻吗？"不是，我是说真的。刚才我在花园除草，那些小恶魔真是让人痛得要命。"阿特伍德如是说。

无论世界有多残酷，在苦中作乐，在一笑之间，寻找答案，也是一种方法，至少是其中一种方法。在访问的尾声，阿特伍德笑说："你要写的书，不会充满了那种在厕所里读到的智慧小语吧？例如'脸上挂满笑容，就会更快乐'。"

我不知道那位记者的回复，但在此，我只能笑说：若我这本小书能够在你最个人、最私密，也可能是最脆弱的时候，带给你一点温暖，或启发，于愿足矣。

图书在版编目（CIP）数据

昨天喝了河豚汤 / 米哈著. -- 北京：中信出版社，
2022.4

ISBN 978-7-5217-3947-3

Ⅰ.①昨… Ⅱ.①米… Ⅲ.①随笔－作品集－中国－
当代 Ⅳ.①I267.1

中国版本图书馆CIP数据核字(2022)第017709号

本书中文简体字版本由三联书店（香港）有限公司
授权中信出版集团股份有限公司在中国内地独家出版、
发行。

昨天喝了河豚汤

著　　者：米哈
出版发行：中信出版集团股份有限公司
　　　　　（北京市朝阳区惠新东街甲4号富盛大厦2座　邮编　100029）
承　印　者：河北鹏润印刷有限公司

开　　本：880mm×1230mm　1/32　　印　张：7.25　　字　数：102千字
版　　次：2022年4月第1版　　　　　印　次：2022年4月第1次印刷
书　　号：ISBN 978-7-5217-3947-3
定　　价：49.80元